Bevor es hell wird

Jens Eisel

Bevor es hell wird

Roman

PIPER
München Berlin Zürich

Mehr über unsere Autoren und Bücher:
www.piper.de/literatur

Von Jens Eisel liegen im Piper Verlag vor:
Hafenlichter
Bevor es hell wird

Der Abdruck des Zitats aus »Absolute Giganten«, Seite 7, erfolgt mit freundlicher Genehmigung von Sebastian Schipper.

MIX
Papier aus verantwortungsvollen Quellen
FSC® C014496
FSC
www.fsc.org

ISBN 978-3-492-05768-4

Gesetzt aus der Joanna
Satz: psb, Berlin
Druck und Bindung: GGP Media GmbH, Pößneck
Printed in Germany

Für Markus
Und für meinen Bruder

Die erste Sache, an die ich mich erinnere, ist, wie ich von meiner Mutter an Silvester eine Wunderkerze bekommen hab. Der Himmel war voll mit Raketen und Feuerwerkskörpern, die explodiert sind und sprühten; und es war laut. Aber ich hatte keine Angst, sondern hab meine Wunderkerze in den dunklen Himmel gehalten und wie wahnsinnig geschüttelt.

Absolute Giganten

Prolog

2004

Das Erste, woran ich mich erinnere, ist das Gesicht des Polizisten im Rückspiegel des Streifenwagens. Ich sitze mit gefesselten Händen auf der Rückbank, und Blut tropft auf meine Jeans. Es ist ganz still, als wäre mein Kopf in Watte gepackt. Und dann höre ich eine kratzige Stimme aus dem Funkgerät, verstehe aber kein Wort.

Draußen wird es gerade hell. Es sind kaum Autos auf den Straßen. Mein Blick gleitet über die Fassaden der Häuser, dann verschwimmt alles, und ich sehe meinen Bruder in einem dunklen Zimmer sitzen. Er trägt nur eine Unterhose, und das Zimmer steht voller Flaschen – an den Wänden ein paar Fotos.

Ich erkenne meine Mutter; mich als kleinen Jungen.

Ich spüre einen harten Schlag. Ich sitze noch immer in dem Streifenwagen. Wir stehen an einer roten Ampel, und der Polizist grinst.

»Nicht einschlafen, mein Freund«, sagt er und gibt Gas.

Wir fahren an einer Tankstelle vorbei, an alten Backsteingebäuden. In manchen Zimmern brennt Licht.

Ich laufe durch einen hellen Flur. Ein Mann in einem

weißen Kittel sagt irgendwas, er läuft neben mir her, dann bin ich draußen.

Ich höre das Geräusch von splitterndem Glas. Ich sitze an einer Theke, laufe durch die Nacht.

Die Tür öffnet sich.

»Aussteigen«, sagt irgendjemand, von dem ich nur die Beine sehe. Er zieht mich aus dem Wagen, und mein Kopf knallt gegen den Türrahmen. Ich sehe noch mehr Polizisten, meine Füße auf einem gepflasterten Hof. Dann wieder ein Flur und wieder ein dunkles Zimmer.

Ich rufe nach meinem Bruder, aber er antwortet nicht.

Eins

2006

Es fing gerade an zu regnen, als ich durch das große Tor auf den Parkplatz trat. Ein Mann lehnte an einem blauen Ford, und als er mich sah, nickte er kurz. Er war schon etwas älter und hatte graue Haare. Vielleicht wartete er auf jemanden, den er abholen wollte, vielleicht war er aber auch nur zu Besuch hier und traute sich nicht rein.

Ich hatte niemandem von meiner Entlassung erzählt, und als ich jetzt zur S-Bahn lief, war ich froh darüber. Die Straße war schmal und führte an einem Feld entlang, an ein paar Gärten und einem kleinen See. Nach einer Weile tauchten ein paar Häuser auf und ein Industriegebiet. Und dann sah ich die Haltestelle. Ich lief die Stufen zu den Gleisen hinunter und kaufte mir am Fahrkartenautomat ein Ticket.

Die Bahn kam, und ich stieg ein und setzte mich auf einen Platz am Fenster. Ich wusste nicht so recht, wo ich zuerst hinsollte. Darüber hatte ich bis jetzt noch nicht nachgedacht. Also fuhr ich zum Hauptbahnhof und setzte mich in ein Café. Der Laden war klein, an den Wänden hingen ein paar vergilbte Kunstdrucke. Eins der Bilder zeigte die beiden Türme des World Trade Centers in New

York. Ich trank einen Tee und blätterte in ein paar Zeitschriften. Dann trank ich noch einen Tee, und schließlich bezahlte ich und lief durch die Straßen.

Es war schon später Nachmittag, als ich bei Normans Werkstatt ankam. Auf dem Hof standen ein paar ausrangierte Autos und weiter hinten eine alte Segeljacht. Sie befand sich direkt neben dem Reifenlager, auf einem rostigen Trailer. Es war sicher einmal ein schönes Schiff gewesen, aber die Jahre hatten den Lack ausgebleicht, und der Rumpf war schon an mehreren Stellen geflickt.

Ich dachte daran, wie mein Bruder mich früher manchmal hier abgeholt hatte und wir in seinem Wagen zu seiner Wohnung gefahren waren. Da war ich siebzehn gewesen, vielleicht auch achtzehn. Das war jetzt fast zehn Jahre her, und seitdem war viel passiert. Doch hier hatte sich kaum etwas verändert, und als ich über den Parkplatz zu der Werkstatt lief, musste ich an Normans Vater denken, der den Laden damals noch leitete.

In der Werkstatt lief das Radio, es roch wie immer, und als ich die Tür hinter mir schloss, kam mir ein Hund entgegen. Er wedelte mit dem Schwanz und schnupperte an meiner Hose. Ich ging in die Hocke, und noch bevor ich ihn streicheln konnte, leckte er mir über das Gesicht. Er drückte sich gegen mich, und ich musste aufpassen, dass er mich nicht umwarf.

»Alex«, sagte Norman. Ich hatte ihn nicht kommen hören. Er stand neben mir, lächelte und blickte zu mir herunter. Ich stand auf, und wir umarmten uns.

»Siehst gut aus. Warum hast du nicht angerufen?«

»Dein Hund?«, fragte ich.

»Vom alten Janssen … ist vor drei Wochen gestorben. Ich kann eigentlich keinen Hund gebrauchen.«

Wir sahen beide zu dem Hund, der noch immer ganz dicht neben mir stand, und ich musste an den alten Janssen denken; an sein faltiges Gesicht und seine dürren Arme. Ich hatte gewusst, dass er krank gewesen war, und damit gerechnet, dass er sterben werde. Aber es nahm mich jetzt doch mehr mit, als ich gedacht hätte.

»Scheint dich zu mögen.« Er grinste.

»Vergiss es«, sagte ich und boxte ihm in die Seite.

Norman hielt mir eine Zigarettenschachtel hin.

»Hab's mir abgewöhnt.«

»Gut, dass du wieder da bist. Mir wächst die Arbeit langsam über den Kopf.«

Er zog an seiner Zigarette. Dann warf er sie auf den Fußboden und trat sie aus.

»Was meinst du, sollen wir was trinken gehen?«

Als wir in Normans Wagen stiegen, hatte es aufgehört zu regnen, und als wir durch die Straßen fuhren, war es, als wäre ich nie wirklich weg gewesen. Norman am Steuer, ich auf dem Beifahrersitz. Nur der Hund auf der Rückbank war neu. Norman fuhr einen Umweg und sagte, dass die Werkstatt so gut laufe wie nie. Dann erzählte er vom alten Janssen.

»Er war fast einen Monat im Krankenhaus, aber als er wieder zu Hause war, dachte ich, dass es ihm besser geht. Er hat mich sogar noch ein paarmal in der Werkstatt besucht.«

Er machte eine kurze Pause. Dann sagte er: »Bei meinem letzten Besuch konnte er kaum noch sprechen. Das ist nicht mal einen Monat her. Eine Frau vom Pflegedienst war da, sie war sehr nett. Aber überall in der Wohnung lagen Medikamente herum, es roch nach Desinfektionsmitteln, und Janssen lag in einem Krankenbett, das mitten in seinem Wohnzimmer stand.«

Wir saßen nebeneinander im Wagen, fuhren durch unser Viertel, und niemand von uns sagte etwas. Die Zeit im Knast kam mir wie ein schlechter Traum vor – wie etwas, das mir jemand anderes erzählt hatte. Und obwohl ich heute Morgen noch dort gefrühstückt hatte, kam mir das alles schon weit weg vor. Ich dachte an das Geschirr, von dem ich fast zwei Jahre gegessen hatte, an die Gänge und den Blick aus meinem Fenster.

»Hast du eigentlich schon was, wo du schlafen kannst?«, fragte Norman, während er den Wagen in eine Parklücke steuerte.

Ich schüttelte den Kopf.

»Du kannst gerne erst mal bei mir wohnen.«

»Danke«, sagte ich. »Was ist mit dem alten Segelboot auf dem Hof?«

Norman sah zu mir herüber.

»Ganz in Ordnung gekriegt haben die dich dort also doch nicht«, er lachte und schaltete den Motor ab. »Ist etwas chaotisch da drin, aber ich will dich nicht von deinem Glück abhalten.«

Wir gingen in einen Laden, der erst vor Kurzem geöffnet hatte und in dem außer uns und dem Barkeeper nur ein alter Mann am Spielautomaten stand. Nach dem dritten Bier war ich schon ziemlich angeschlagen. Also bestellte ich mir eine Cola und hörte Norman zu, der unablässig erzählte. Es fühlte sich gut an, neben ihm am Tresen zu sitzen und seinen Geschichten zu lauschen, während der Alte den Automaten fütterte. Es lief keine Musik, und obwohl wir fast die einzigen Gäste waren, mochte ich den Laden.

»Wann willst du wieder anfangen?«, fragte Norman nach einer Weile.

»Na ja, um ehrlich zu sein … viel vor hab ich nicht. Was hältst du von nächster Woche?«

Er lächelte, dann legte er seine Hand auf meine Schulter.

»Hört sich gut an – sehr gut sogar.«

Auf dem Heimweg hielten wir an einem McDonald's an und bestellten uns Burger und Pommes. Wir aßen im Wagen auf dem Parkplatz und sahen zu der Tankstelle auf der anderen Straßenseite hinüber. Ein Mann betankte seinen Transporter, und eine Frau putzte die Scheibe ihres Cabrios.

Norman hatte das Radio eingeschaltet, und der Hund lag jetzt zu meinen Füßen.

»Wie heißt er eigentlich?«

»Flint«, sagte Norman. »Janssen war schon krank, als er ihn bekam, aber da wusste er es noch nicht.«

Ich sah zu dem Hund, der mich aus dunklen Augen anblickte. Und plötzlich musste ich an einen Tag in meiner Jugend denken, an dem ich mit Janssen in einem Boot zum Angeln auf die Ostsee gefahren war.

»Der ist immer hungrig.« Norman lachte. »Pass bloß auf deinen Burger auf.«

Als wir auf dem Hof bei der Werkstatt hielten, gab er mir einen alten Schlafsack.

»Wirst du brauchen«, sagte er und blickte Richtung Segeljacht. »Wir sehen uns morgen.«

»Danke«, sagte ich und stieg aus.

Aber als ich ein paar Schritte gegangen war, hörte ich, wie er das Fenster herunterkurbelte.

»Alex.«

»Ja.«

»Denkst du oft an ihn?«

»Jeden Tag«, sagte ich. Und dann ging ich zu der Segeljacht.

Am nächsten Morgen wurde ich von der Sonne geweckt, die durch das kleine Bullauge auf mein Bett schien. Ich war durstig, hatte aber nichts zu trinken, also kletterte ich aus meinem Schlafsack, zog mich an und ging an Deck. Normans Wagen stand neben der Werkstatt, und Flint lag vor dem Eingang in der Sonne. Es war der erste warme Tag des Jahres. Die Sträucher, die ich vom Boot aus sehen konnte, waren bereits grün, aber die meisten Bäume waren noch kahl. Ich stieg die kleine Leiter hinunter und pinkelte an eine Mauer, dann ging ich zur Werkstatt hinüber. Als der Hund mich bemerkte, wedelte er mit dem Schwanz, aber anstatt mich zu begrüßen, blieb er in der Sonne liegen.

»Guten Morgen«, sagte Norman. Er saß auf einem

Stuhl neben der großen Werkbank und hielt einen Kaffeebecher in der Hand.

Ich nahm die Tasse, die er für mich auf den Tisch gestellt hatte, ging zum Waschbecken, füllte sie mit Wasser und trank sie aus.

»Gut geschlafen?«

Ich nickte.

»Wo hast du das Boot her?«

»Gegen meinen alten Honda getauscht. Steht schon fast zwei Jahre auf dem Hof.«

Ich nahm mir einen Kaffee und setzte mich neben ihn.

»Kann man auf jeden Fall was draus machen.«

»Ja, wenn ich irgendwann dazu komme. Mein Vater hat sich immer so ein Boot gewünscht, ich glaube, ich habe es deshalb genommen.«

Er stand auf, ging zum Tor und blickte zu der alten Jacht. Sie war bestimmt schon vierzig Jahre alt, und ich fragte mich, wie Norman es geschafft hatte, das große Schiff durch die schmale Einfahrt zu bekommen. Das Segel und der Mast fehlten. Der Rumpf war sicher über zehn Meter lang und mit alten Spanngurten am Trailer verzurrt.

Norman zündete sich eine Zigarette an, dann kam er wieder zu mir.

»Was hast du heute vor?«

»Muss ein paar Sachen besorgen.«

»Brauchst du Geld?«

»Nein, aber danke«, sagte ich und schüttelte den Kopf.

Ich fuhr mit dem Bus zu einem Woolworth und kaufte mir eine Jogginghose, zwei Jeans, einen Arbeitsoverall und ein paar T-Shirts. Dann ging ich zu einer Drogerie und besorgte mir einen Rasierer, Duschgel, Zahnpasta und Rasierseife. Am Ende kaufte ich mir in einem Schuhgeschäft ein Paar Laufschuhe.

Nachdem ich fertig war, machte ich mich zu Fuß auf den Rückweg. Es war Nachmittag, als ich an dem Laden vorbeikam, in dem ich am Abend zuvor mit Norman gewesen war. Ich war hungrig, und vor dem Eingang stand eine Tafel, auf der ein paar Gerichte angepriesen wurden. Ich ging rein, setzte mich an einen Tisch neben dem Eingang und stellte meine Einkaufstaschen ab. Dann sah ich mir den Zettel mit den Tagesgerichten an.

»Sieht nach einem Großeinkauf aus«, sagte die Kellnerin. Sie sah zu den Taschen und lächelte. Sie war vielleicht Mitte zwanzig, hatte kurze braune Haare und trug eine Schürze.

»Ja, war mal wieder nötig.«

»Was kann ich dir bringen?«

»Ich nehme den Bohneneintopf und eine Cola.«

Die Kellnerin ging zurück zum Tresen, und ich sah mich im Laden um. Der Raum war einfach eingerichtet, in einer Ecke hing ein kleiner Fernseher, und an den Wänden klebten alte Filmplakate. Es gab zwei Sofas, die Stühle waren alle frisch gestrichen, und vor dem großen Fenster, neben dem Eingang, standen mehrere Pflanzenkübel mit Zimmerpalmen Der Mann, der am Abend zuvor am Spielautomaten gestanden hatte, saß jetzt am Tresen. Er trug ein zerknittertes schwarzes Hemd, Jeans und braune Lederstiefel. Es lief leise Musik, und an den Tischen saßen vereinzelt Gäste, aßen oder lasen Zeitung.

Nach ein paar Minuten brachte die Kellnerin mein Essen und stellte es vor mich auf den Tisch. Als sie das Besteck neben den Teller legte, blickte sie kurz auf die Narben an meinen Handgelenken.

»Lass es dir schmecken, und sag Bescheid, wenn du was brauchst.«

Ich nickte, und bevor sie wieder zum Tresen ging, lächelte sie mich an.

Der Bohneneintopf war großartig, und irgendetwas daran erinnerte mich an das Essen meiner Mutter.

Als ich fertig war, bestellte ich mir noch einen Kaffee zum Mitnehmen, bezahlte, nahm meine Sachen und ging.

Norman war nicht da, als ich bei der Werkstatt ankam. Ich kletterte an Deck der Jacht und stellte die Taschen ab. Dann ging ich in die kleine Kajüte. Die Möbel waren komplett aus Holz gefertigt. Das Bett befand sich im Bug des Bootes, es gab einen kleinen Schrank und eine Kochnische und daneben eine Sitzecke. Die Kajüte war nicht besonders groß, aber der Platz war perfekt genutzt. Und auch wenn es etwas muffig roch und einige der Türen schief in den Angeln hingen, konnte man hier wirklich was draus machen.

Ich brachte die Polster der Sitzecke zum Lüften nach oben und nahm mir in der Werkstatt einen Eimer und Putzmittel. Dann machte ich mich an die Arbeit. Zuerst putzte ich die Bullaugen in der Schlafkoje und der Kochnische, dann wischte ich die Schränke aus. Ich zog die Schrauben an den Scharnieren nach und reparierte die Luke, die vom Wohnraum hinaus an Deck führte.

Nach drei Stunden hatte ich den gröbsten Schmutz beseitigt. Ich hatte meine Kleider in die Schränke geräumt und sogar den Kocher und den Kühlschrank wieder in Ordnung gebracht.

Ich ging in einen Supermarkt und kaufte drei Dosen Ravioli, Toastbrot und ein Sixpack Bier. Auf dem Heimweg kam ich an dem kleinen Kiosk vorbei, in dem wir uns früher hin und wieder Süßigkeiten gekauft hatten. Und ich dachte an den Besitzer, der uns manchmal die alten Ausgaben irgendwelcher Comics geschenkt hatte. Das Schaufenster sah noch genauso aus wie damals, aber die Scheibe war schmutzig, und die Waren in der Auslage waren mit einer Staubschicht überzogen.

Als ich wieder zurück war, öffnete ich ein Bier und wärmte mir eine Dose Ravioli auf. Es war das erste Mal seit fast zwei Jahren, dass ich mir selbst etwas zu essen machte. Als ich fertig war, trank ich noch ein Bier, dann wurde ich müde. Ich legte mich aufs Bett und schlief ein.

Als ich wach wurde, war es schon dunkel. Ich setzte mich auf die Bettkante und blieb einen Moment lang sitzen. Dann stand ich auf, tastete mich zur Tür und ging an Deck.

Auf dem Hof gab es keine Lampe, das einzige Licht kam von einer Straßenlaterne, aber sie war ein gutes Stück entfernt, und von dem Licht kam kaum etwas an. Ich sah die Umrisse der Autos und die dunkle Silhouette der Werkstatt, ansonsten konnte ich nichts erkennen. Nach einer Weile gewöhnten sich meine Augen an die Dunkelheit, und ich sah den Schrottcontainer und die Reifenstapel. In der Ferne fuhr eine S-Bahn vorbei, und ich dachte daran, wie Norman und ich vor Jahren Geldstücke auf die Schienen gelegt hatten und sie später platt gewalzt im Gleisbett suchten. Damals waren wir fünfzehn, rauchten unsere ersten Zigaretten und träumten von alten Autos; unsere Welt bestand aus Kinofilmen, Comics und den Straßen unseres Viertels. Normans Vater war noch am Leben, seine Werkstatt war der Mittelpunkt unseres Universums. Und auch wenn wir nicht wussten, wohin uns das Leben tragen würde, waren wir zuversichtlich.

Ich stand früh auf und ging laufen. Ich hatte im Knast mit Sport begonnen. Am Anfang hatte ich gerade einmal zehn Liegestütze geschafft, mittlerweile war ich bei achtzig.

Ich lief an der alten Bäckerei vorbei, an dem kleinen Supermarkt, dann bog ich in die Straße ein, in der wir früher gewohnt hatten und in der Norman immer noch lebte. Es war noch ziemlich früh, und auf der Straße war kaum etwas los. Die Bäume waren in den letzten Jahren ein gutes Stück gewachsen, aber die Vorgärten waren nach wie vor verwildert. Als ich an unserem alten Haus vorbeikam, blickte ich zu den Fenstern unserer Wohnung hinauf. Ich fragte mich, wer jetzt dort wohnte und wie sie eingerichtet war. Ich kam an der Stelle vorbei, an der Norman und ich uns vor Jahren kennengelernt hatten. Dann lief ich eine Weile an den S-Bahn-Gleisen entlang, an unserer alten Schule vorbei und durch die Unterführung.

Als ich nach einer guten Stunde wieder bei der Werkstatt ankam, fuhr Norman gerade einen Käfer auf die Hebebühne.

»Schöner Wagen«, sagte ich, als Norman die Tür öffnete und ausstieg. Der Käfer war rot, der Lack glänzte.

»Baujahr zweiundsiebzig, kein bisschen Rost. So was findet man selten.« Er fuhr mit der Hand über die Motorhaube.

»Hör mal«, sagte er. »Ich bin heute den ganzen Tag unterwegs, könntest du dich um Flint kümmern?«

»Klar.« Ich sah zu der Tür des Pausenraums. Sie war geschlossen, aber ich hatte den Raum genau vor Augen – die schmutzigen Wände, den alten Tisch und die wackligen Bänke.

»Funktioniert die Dusche eigentlich?«

»Ja, Handtücher sind in dem Spind neben dem Kühlschrank. Da ist übrigens auch eine Waschmaschine. Sie ist nicht angeschlossen, aber sie funktioniert.«

Ich holte frische Kleider und ging duschen.

Als ich aus der Kabine kam, blickte ich durchs Fenster hinaus auf den Hof. Normans Wagen war weg, und Flint lag in der Sonne und schlief. Ich ließ Wasser in einen Kanister laufen und ging zum Boot. Dann kochte ich mir einen Kaffee, bestrich zwei Scheiben Toastbrot mit Erdnussbutter und setzte mich an Deck. Es war warm, aber windig, und während ich auf der Reling saß, fiel mir ein kleiner Vogel auf, der nur zwei Meter von mir entfernt auf der Ankerwinde saß. Er war braun, und sein Gefieder war etwas struppig. Er bewegte sich kaum, und es wirkte fast, als würde er mich beobachten. Ich brach ein kleines Stück Toast ab und legte es vorsichtig zwischen uns auf den Schiffsboden. Dann setzte ich mich wieder. Der Vogel sah abwechselnd zu mir und dem Brot, aber er blieb auf der Ankerwinde sitzen.

»Brauchst keine Angst zu haben«, sagte ich. Der Vogel drehte seinen Kopf, piepste und hüpfte auf den Boden, dann flatterte er mit den Flügeln, machte einen weiteren Satz, nahm das Brot und flog davon. Ich sah ihm nach, wie er immer kleiner wurde und schließlich verschwand.

Gegen Mittag ging ich mit Flint zu einem kleinen Park. Der Wind war stärker geworden, der Himmel bewölkt, und es sah nach Regen aus. Als wir im Park ankamen, spielte ich eine Weile mit ihm. Dann legte ich mich auf die Wiese. Eine alte Frau saß auf einer Bank und las in einem Buch, und ein Vater spielte mit seinem Jungen Fußball. Flint lag die ganze Zeit neben mir und kaute auf einem Stock herum. Manchmal kamen andere Hunde vorbei, dann stand er auf und lief zu ihnen, aber er kam jedes Mal schnell wieder zurück.

Auf dem Rückweg nahm ich eine Abkürzung durch ein Industriegebiet. Ich lief an einem Baustoffhandel vorbei, an einer Spedition und einer Weingroßhandlung. Ich kannte zwar die Richtung, war die Strecke aber noch nie gegangen, und irgendwann merkte ich, dass ich mich verirrt hatte. Ich bog in die nächste Straße ein und lief sie bis zum Ende, und plötzlich stand ich vor der Friedhofsmauer. Ich war seit Dennis' Beerdigung nicht mehr hier gewesen. Damals hatten mich zwei Polizisten begleitet, und ich wusste nicht, ob ich das Grab finden würde. Eine Weile stand ich einfach so da. Dann lief ich die Mauer entlang bis zum Eingang und durch das schmiedeeiserne Tor hindurch.

Obwohl ich mich kaum noch an die Beerdigung erinnerte, fand ich das Grab sofort. Es lag im alten Teil des Friedhofs, neben verwitternden Grabsteinen und in der Nähe einer knorrigen, kahlen Eiche. Im Gegensatz zu den anderen Gräbern hatte Dennis nur ein einfaches Holzkreuz. Aber das Grab war gepflegt, und in der Mitte stand eine Petroleumlampe. Ich kramte in meiner Jackentasche nach einem Feuerzeug, aber ich hatte keins dabei.

Ich ging in die Hocke und berührte die Erde. Flint setzte sich neben mich, und als mir die Tränen kamen, leckte er mir über das Gesicht.

Zwei

1996

Die ersten vierzehn Jahre meines Lebens waren von Umzügen geprägt, und als wir nach Hamburg kamen, hatten meine Mutter, mein Bruder und ich schon in mehreren Städten gelebt. Die Umzüge gehörten zu unserem Leben, bis dahin hatte ich nicht viel mit Orten verbunden. Aber diesmal änderte sich das. Ich mochte das Viertel, in dem wir wohnten, und unsere Wohnung; es war das erste Mal, dass Dennis und ich ein eigenes Zimmer hatten. Und auch wenn die Räume in keinem besonders guten Zustand waren, freuten wir uns sehr darüber.

Wir waren in den Sommerferien nach Hamburg gezogen, meine Mutter begann einen Job als Kassiererin im Baumarkt, und mein Bruder fand einen Ausbildungsplatz als Koch in einem kleinen Restaurant. Tagsüber war ich damals die meiste Zeit alleine, und weil es Sommer war, verbrachte ich den Großteil aller Tage draußen.

Unsere Wohnung lag in einem Arbeiterviertel aus den Zwanzigerjahren. An den Straßen standen Bäume, die kleinen Vorgärten waren verwildert, und die Häuser sahen alle gleich aus – vierstöckige Backsteingebäude, von deren Fenstern und Türen der Lack abblätterte. In der Nähe von unserer Wohnung führten die S-Bahngleise entlang, und wenn ich abends mit offenem Fenster im Bett lag, konnte ich die Züge hören, die durch die Nacht rollten.

In den ersten Tagen hielt ich mich hauptsächlich in den Straßen unseres Viertels auf, aber in der zweiten Woche lief ich zur Elbe, die nicht weit entfernt war. Wir hatten noch nie in einer Stadt mit einem Hafen gelebt, und es faszinierte mich, wie groß die Schiffe waren, die dort über den Fluss fuhren. Manchmal saß ich den ganzen Nachmittag am Ufer, fütterte die Möwen – die das Brot, das ich nach oben warf, direkt in der Luft fingen – und sah zu den Schiffen, die aus allen möglichen Teilen der Welt kamen. Ich fragte mich, was in all diesen Containern steckte, wer sie beladen hatte und wie es sich nach Wochen auf dem Meer anfühlte, wieder an Land zu gehen.

Meine Mutter gab mir jeden Tag etwas Geld, damit ich mir etwas zu essen kaufen konnte. Und in der ersten Zeit tat ich das auch. Aber irgendwann entdeckte ich ein kleines Kino, das alte Filme zeigte. Und von da an aß ich mittags nichts Warmes mehr, sondern hob mir das Geld für die Vorstellungen auf. Es liefen hauptsächlich Filme, die ich schon einmal gesehen hatte, aber das störte mich nicht, und hin und wieder zeigten sie auch welche, die erst vor Kurzem in den Programmkinos gelaufen waren. Die Frau, die hinter der Kasse arbeitete, war schon etwas älter. Sie trug eine Brille und hatte immer eine Zigarette in der Hand. Aber sie war nett, und manchmal ließ sie mich umsonst in den Saal. Sie arbeitete ganz alleine in dem Kino. Wenn sie die Eintrittskarten verkauft hatte, ging sie hinüber in den kleinen Vorführraum und schaltete den Projektor ein. Dann setzte sie sich auf einen Stuhl neben dem Eingang und wartete, bis die Vorstellung zu Ende war.

»Warum kommst du eigentlich immer alleine?«, fragte sie eines Nachmittags, als ich gerade gehen wollte.

»Wir sind erst hierhergezogen«, sagte ich. »Es sind Ferien, und meine Mutter und mein Bruder müssen arbeiten.«

»Du magst Filme?«

Ich nickte.

»Wenn du mir hin und wieder etwas hilfst, brauchst du keinen Eintritt zu zahlen.«

»Das wäre super.«

Sie lächelte.

»Ich bin übrigens Carmen.«

»Alex.«

»Willst du was trinken?«

Ich nickte, und sie nahm eine Cola aus dem Kühlschrank, öffnete die Flasche und hielt sie mir hin.

»Seit wann gibt es das Kino?«, fragte ich und trank einen Schluck.

»Ewig.«

»Ich finde es sehr schön hier.«

Carmen blickte mich freundlich an.

»Das sehen leider nicht alle so. Seit es die großen Kinos gibt, kommen immer weniger Besucher.«

»Mir gefällt es hier viel besser.«

»Das freut mich.«

Von nun an ging ich fast täglich hin. Die ersten Filme liefen meistens schon gegen Mittag, und Carmen war immer eine Stunde früher da – füllte die Kühlschränke mit Getränken auf und schaltete die große Popcornmaschine an. Meine Aufgabe bestand darin, nach den Vorstellungen den liegen gebliebenen Müll und die leeren Flaschen einzusammeln. Ich brauchte dafür selten länger als fünf Minuten, und in der Zeit zwischen den Filmen unterhielten wir uns miteinander.

Auch Carmen war nicht hier geboren, aber sie lebte schon sehr lange in der Stadt. Sie hatte in den verschiedensten Berufen gearbeitet, bis sie schließlich das Kino übernommen hatte.

»Der Laden wirft kaum etwas ab«, sagte sie. »Aber ich kann am Ende des Monats meine Rechnungen bezahlen, und es gibt niemanden, der mir auf die Finger schaut. Weißt du schon, was du später einmal machen willst?«

Ich schüttelte den Kopf.

»Wo arbeitet deine Mutter?«

»Im Baumarkt an der Kasse.«

»Und dein Bruder?«

»In einem Restaurant. Er macht da eine Ausbildung.«

»Ich hab früher auch mal in der Küche gearbeitet, aber der Chef war kein guter Mensch. Ich war damals noch jung und hab mir viel zu viel gefallen lassen.«

Sie lächelte.

»Alles Schnee von gestern. Wie alt bist du eigentlich?«

»Vierzehn.«

»Das ist ein gutes Alter, da liegt noch alles vor dir.«

Die nächste Vorstellung stand bevor, und die ersten Besucher warteten im Eingangsbereich.

»Könntest du noch eine Kiste Bier aus dem Lager holen?«

»Klar.«

Carmen stand auf.

»Also, bis nachher. Und viel Spaß bei dem Film.«

Als ich an einem dieser Tage vom Kino nach Hause lief, fiel mir ein Junge auf, der auf dem Bordstein saß. Er hatte schmutzig blonde Haare, die ihm in die Stirn fielen, trug eine Jeans und ein rotes T-Shirt. Er las in einem zerfledderten Comicheft, aber als ich näher kam, hob er den Kopf und sah mich an.

»Du bist neu hier«, sagte er und blinzelte.

»Ja.« Ich deutete zu unserem Haus. »Wir wohnen da drüben.«

»Ich heiße Norman.«

»Ich bin Alex.«

»Magst du Spider-Man?«

Ich blickte zu dem Comicheft, auf dem ein Mann in einem rot-blauen Anzug abgebildet war.

»Ja«, sagte ich, obwohl ich nur einmal in einem Spider-Man-Comic gelesen hatte.

»Ich mag auch Hulk und Captain America, aber am besten finde ich Spider-Man«, sagte er.

Norman wohnte mit seinem Vater in einem der Nachbarhäuser. Er hatte keine Geschwister, und seine Mutter hatte die beiden schon vor Jahren verlassen. Und da sein

Vater den ganzen Tag in der Werkstatt war, verbrachte auch er die Tage alleine.

Norman war hier geboren und kannte so gut wie jeden im Viertel. Ein paar der alten Frauen, die in der Gegend wohnten, luden ihn sogar manchmal zum Mittagessen ein.

Wir kannten uns erst ein paar Tage, als er mich zum ersten Mal zur Werkstatt mitnahm. Sie lag nicht weit entfernt von unserer Wohnung, in einem Hinterhof, auf dem ein paar Autos und ein alter Lieferwagen standen. Es war ein aus Ziegelsteinen gemauerter Flachbau mit einem großen Tor. Der Fußboden in der kleinen Halle war mit einem schwarzen, schmierigen Film aus Öl und Schmutz überzogen. Es gab zwei Hebebühnen, und als wir die Werkstatt betraten, war Normans Vater gerade dabei, einen Auspuff zu montieren. Er war klein und schlank, trug eine Arbeitshose und ein Flanellhemd, und als er uns sah, lächelte er.

»Du bist sicher Alex. Norman hat schon viel von dir erzählt.«

Er hatte wie Norman blonde Haare, aber sie waren dünner und an einigen Stellen bereits ergraut. Auf seinem Unterarm war eine verblichene Tätowierung. Sie war schon ziemlich alt, aber ich konnte einen Adler erkennen.

»Wie sieht's aus, habt ihr Hunger? Ich wollte gerade etwas essen.«

Er lief zu einem kleinen Waschbecken, das neben der Werkbank an der Wand hing, und wusch sich die Hände, dann nahm er eine volle Einkaufstasche aus dem Spind daneben.

»Setzt euch.« Er zeigte durch das geöffnete Tor nach draußen auf eine Bank, die vor der Werkstatt in der Sonne stand. Wir liefen ihm hinterher und setzten uns.

»Ist nichts Besonderes«, sagte er und holte eine Packung Brot, eine Salami und zwei Äpfel aus der Tasche. Dann schnitt er mit einem Taschenmesser drei dicke Scheiben ab und gab jedem von uns ein Stück Wurst.

»Norman hat erzählt, dass ihr neu hier seid.«

Ich nickte. »Ja, mein Bruder, meine Mutter und ich sind erst vor ein paar Wochen hierhergezogen.«

»Wenn ihr etwas braucht, sagt Bescheid.« Er sah zu Norman, dann wieder zu mir.

»Habt ihr Lust, euch was dazuzuverdienen? Ich könnte etwas Hilfe gebrauchen.«

Ich war zum ersten Mal in einer Autowerkstatt. Und es faszinierte mich, wie sicher und routiniert sich Norman in den Räumen bewegte. Er kannte die Namen aller Werkzeuge, erklärte mir, wie die Hebebühne funktionierte, und zeigte mir das große Ersatzteillager im Keller.

An jenem Nachmittag halfen wir Normans Vater dabei, die Bremsbeläge an einem alten Geländewagen zu erneuern. Er war sehr geduldig, erklärte jeden Arbeitsschritt, und während er die neuen Beläge montierte und die Bremsen entlüftete, reichten wir ihm das Werkzeug.

Den Großteil der Sommerferien verbrachte ich mit Norman. Manchmal halfen wir seinem Vater in der Werkstatt, und von nun an gingen wir gemeinsam ins Kino.

Aber wenn mein Bruder und meine Mutter freihatten, unternahmen wir meistens etwas zusammen.

Ich erinnere mich an einen Freitagabend. Wir gingen gemeinsam zu einem großen Volksfest. Es gab dort jede Menge Fahrgeschäfte – eine Achterbahn, ein Riesenrad und ein altes Kettenkarussell. Überall blinkten bunte Lichter, und es roch nach gebrannten Mandeln und Bratwurst.

Meine Mutter trug ihr blaues Kleid, und sie hatte sich geschminkt, was sie sonst nur selten tat.

»Wie geht es euch?«, fragte sie, während wir an den Buden entlangliefen.

»Ich muss mich noch an die Arbeit gewöhnen«, sagte Dennis. »Aber die Stadt gefällt mir.«

Meine Mutter strich ihm über die Haare, dann sah sie zu mir.

»Und bei dir?«

»Ich fühle mich hier auch wohl«, sagte ich.

»Siehst du deinen Freund noch? Wie heißt er noch mal?«

»Norman.«

»Bring ihn doch mal zum Abendessen mit«, sagte sie.

Ich nickte.

»Wie gefällt dir deine Arbeit?«, fragte ich.

»Sehr gut. Meine Kollegen sind alle sehr nett.«

Wir kamen an einer großen Losbude vorbei, an der ein einarmiger Mann in ein Mikrofon sprach. Er war dick, trug einen Schnauzbart und hatte eine Glatze.

»Jeder kann dabei sein … jeder hat die Chance«, sagte er, während er vor dem Stand auf und ab lief.

»Wollen wir Lose kaufen?«, fragte meine Mutter und suchte in ihrer Tasche nach ihrer Geldbörse. Dann lief sie auf den Mann zu. Er sagte etwas zu ihr, und meine Mutter lächelte. Als sie zurückkam, hielt sie Dennis und mir ein paar Lose hin.

»Für jeden fünf.«

Wir öffneten sie. Meine Mutter und Dennis hatten nur Nieten, aber ich hatte ein Los mit einer Zahl.

»Und wieder ein Gewinner!«, rief der Einarmige, als er mich kommen sah. Er blickte kurz auf die Zahl, dann drehte er sich um und nahm einen kleinen Plüschaffen.

»Hier, mein Junge.«

»Danke.«

»Du hast eine sehr hübsche Mama«, sagte er und zwinkerte mir zu.

»Ich weiß.« Ich lächelte.

»Süß«, sagte meine Mutter, als ich wieder bei ihnen war.

»Willst du ihn haben?«

»Nein, behalte ihn.«

»Du kannst ihn wirklich gerne haben«, sagte ich und hielt ihn ihr hin.

»Danke«, sagte sie und nahm ihn. »Du bist lieb. Ihr seid die Besten.«

Wir blieben den ganzen Abend auf dem Fest. Dennis und ich fuhren mit der Achterbahn, und wir aßen gegrillte Maiskolben und gingen in ein Spiegelkabinett. Dennis lief zwei Mal gegen eine Glasscheibe.

»Hast du heimlich getrunken?«, fragte meine Mutter, als wir wieder draußen waren.

Dennis fuhr sich mit der Hand über die Stirn.

»Gut, dass du in der Küche arbeitest und dich niemand sieht«, sagte ich.

Dennis reagierte nicht, aber dann sah er mich an und begann zu lachen.

»Werd bloß nicht frech, Kleiner.« Er ballte die Hand zu einer Faust und deutete einen Schlag an.

Bevor wir das Fest verließen, fuhren wir mit dem Riesenrad. Man konnte von dort oben den ganzen Jahrmarkt überblicken. Sogar den Fernsehturm konnte man sehen und auf der anderen Seite ein paar Hafenkräne. Es war noch nicht ganz dunkel, aber die Sonne war schon untergegangen, und am Horizont leuchtete ein roter Streifen.

Auf dem Heimweg hörte ich ein Geräusch, das sich wie ein Gewitter anhörte. Aber als ich den Kopf hob, sah ich, dass es ein Feuerwerk war. Auch Dennis und meine Mutter blickten jetzt nach oben.

»War ein schöner Abend, Jungs«, sagte sie und nahm uns in den Arm. »Das müssen wir öfter machen.«

Zu Hause setzten wir uns in der Küche an den Tisch. Meine Mutter zündete eine Kerze an, dann stand sie auf und nahm eine Sektflasche aus dem Kühlschrank.

»Würdest du sie aufmachen?«, sagte sie und reichte sie Dennis. Sie stellte drei Gläser auf den Tisch und setzte sich wieder. Dennis öffnete die Flasche mit einem trockenen Knall, dann gab er sie meiner Mutter, die unsere Gläser füllte.

»Meinst du wirklich, dass unser Kleiner so was trinken sollte?«, fragte Dennis.

»So klein ist er gar nicht mehr.« Meine Mutter blickte mich an. Dann hob sie ihr Glas.

»Auf meine zwei Männer und auf die Stadt.«

Wir stießen an, dann nippte ich an dem Sekt, aber ich bekam nur einen kleinen Schluck herunter, und als ich das Glas wieder abstellte, bemerkte ich, dass die beiden mich beobachteten.

Gleichzeitig fingen sie an zu lachen.

Als die Schule wieder begann, kam ich zu Norman in die Klasse. Unsere Lehrerin hieß Frau Martin. Sie war nett und ungefähr so alt wie meine Mutter, aber sie hatte tiefe Ringe unter den Augen und wirkte irgendwie zerbrechlich. Wenn sie mit ihrer großen Tasche durch das alte Schulhaus lief, kam sie mir manchmal verloren vor. Aber wenn sie vor der Tafel stand, wirkte es jedes Mal, als wäre sie plötzlich jemand anderes. Ich mochte sie, und ich hatte das Gefühl, dass auch sie mich mochte.

Obwohl ich schon oft die Schule gewechselt hatte, war ich immer gut mitgekommen. Ich hatte meine Hausaufgaben gemacht und im Unterricht gut aufgepasst. Für Arbeiten hatte ich nie gelernt, aber trotzdem waren meine Noten meistens gut gewesen. Doch schon nach wenigen Tagen merkte ich, dass Norman große Probleme hatte.

Als wir unsere erste Klassenarbeit schrieben, gab er ein fast leeres Blatt ab. Frau Martin saß am Pult, und als Norman wieder zurück zu seiner Bank ging, schaute sie sich seine Arbeit an.

»Norman«, sagte sie, »kommst du bitte noch mal?«

Er drehte sich um und trottete nach vorne.

»Du hast ja nur zwei Aufgaben gelöst.«

Norman nickte leicht.

»Es ist noch fast eine halbe Stunde Zeit. Willst du es nicht noch einmal versuchen?«

Sie hielt ihm das Blatt hin, und Norman nahm es und setzte sich wieder auf seinen Platz. Aber von dort, wo ich saß, konnte ich sehen, dass er nur auf einem Schmierzettel herumkritzelte.

»Was war eben los?«, fragte ich, als wir nach der Schule auf dem Heimweg waren.

»Mathe ist einfach nicht mein Fach.«

»Du hast es ja gar nicht erst versucht.«

»Jetzt redest du schon wie ein Lehrer«, sagte er. »Ich will nicht zur Uni gehen. Ich will Autos reparieren. Ich muss nur noch dieses eine Jahr rumkriegen.«

Wir waren schon fast zu Hause, und den Rest des Weges liefen wir schweigend nebeneinander her. Ich hatte mir noch keine Gedanken gemacht, was ich nach der Hauptschule machen wollte. Vielleicht würde ich weiter zur Schule gehen. Mit etwas Mühe würde ich sicher die mittlere Reife schaffen, vielleicht sogar das Abitur. Ich kannte niemanden, der auf der Uni gewesen war, aber ich stellte es mir aufregend vor, in einem Raum voller Studenten zu sitzen und einem Professor zuzuhören.

Norman und ich verbrachten nach wie vor die meiste Zeit gemeinsam, und bevor wir in die Werkstatt, zur Elbe oder ins Kino gingen, machten wir die Hausaufgaben.

Am Anfang schrieb Norman meistens von mir ab. Aber nach ein paar Wochen erledigte er einen Teil der Aufgaben ohne mich. Auch in der Schule wurde er besser. Seine Leistungen waren nicht überragend, aber doch so gut, dass es Frau Martin auffiel. Wir sprachen nicht darüber, aber ich merkte, dass Norman stolz darauf war. Und darüber freute ich mich.

»Als meine Mutter noch da war«, sagte er eines Nachmittags, als wir mit den Hausaufgaben fertig waren, »haben wir immer für die Schule gelernt.«

Er machte seine Tasche zu und stellte sie auf den Fußboden.

»Alle sagen, sie hätte sich nicht gekümmert. Aber das stimmt nicht.«

Wir saßen bei Norman in der Küche, die genauso aussah wie unsere, obwohl sie in einem anderen Haus war.

»Manchmal frage ich mich, was sie jetzt macht. Wo sie wohnt«, sagte er. »Ich hab es meinem Vater nie erzählt, aber nachdem sie gegangen ist, hat sie mich noch ein paarmal angerufen.«

Er wischte ein paar Krümel vom Tisch.

»Sie hat geweint und sich entschuldigt, aber ich war sauer auf sie, und irgendwann bin ich nicht mehr ans Telefon gegangen.«

»Hast du sie seitdem noch mal gesehen?«

Norman schüttelte den Kopf. Er stand auf, nahm seine Tasche und brachte sie in sein Zimmer. Ich hörte, wie er eine Schranktür öffnete und wieder schloss. Als er zurückkam, hielt er einen Schuhkarton in der Hand.

»Das sind die einzigen Fotos, die ich von ihr habe. Die anderen hat mein Vater weggeworfen.«

Er stellte den Karton auf den Tisch und öffnete ihn, dann nahm er einen Stapel Bilder heraus.

»Das war an Weihnachten«, sagte er und gab mir eins davon. Es war mit Selbstauslöser gemacht. Norman, sein Vater und seine Mutter vor einem Weihnachtsbaum.

»Ich kann mich an den Tag kaum erinnern, obwohl ich da schon zehn war.«

Das Bild war an den Ecken geknickt, und man konnte sehen, dass es früher einmal in der Mitte gefaltet gewesen war.

»Da war ich noch ganz klein.« Norman reichte mir ein weiteres Foto und dann noch eins.

Die Bilder waren nicht geordnet. Auf manchen Fotos hatte Normans Mutter lange Haare, manchmal trug sie Lippenstift und schöne Kleider und manchmal Jeans und einfache T-Shirts. Aber auf jedem der Bilder konnte man die Ähnlichkeit mit Norman sehen.

»Sie ist hübsch«, sagte ich.

Norman nickte.

»Ich hätte ans Telefon gehen sollen«, sagte er. »Vor einem Jahr hab ich eine Freundin von ihr getroffen. Sie hat mir erzählt, dass sie weggezogen ist.«

Wir saßen den ganzen Nachmittag in der Küche. Norman zeigte mir alle Fotos, und zu manchen erzählte er mir eine Geschichte. Und obwohl draußen gutes Wetter war, blieben wir den ganzen Tag in der Wohnung.

In jener Nacht lag ich lange wach. Ich blickte durchs Fenster in die dunkle Nacht, und ich dachte an meinen Vater, den ich nie kennengelernt hatte. Ich fragte mich, ob ich ihn vermissen müsste. Er hatte uns verlassen, als ich vier Monate alt war. Und es gab nur wenige Fotos, auf denen wir gemeinsam waren. Meine Mutter sprach nur selten von ihm, aber wenn sie es tat, hatte ich nicht das Gefühl, dass sie ihm Vorwürfe machte. Das Fenster stand einen Spaltbreit offen, und während ich den Geräuschen der Nacht lauschte, merkte ich, dass ich mich zum ersten Mal in meinem Leben zu Hause fühlte.

Für die Herbstferien hatten wir uns vorgenommen, unsere Wohnung zu renovieren. Wir wollten den alten Holzfußboden abschleifen, die Wände streichen und uns ein paar gebrauchte Möbel kaufen. Unsere Einrichtung beschränkte sich auf das Nötigste – einen Küchentisch, drei Stühle, eine große Kommode, einen alten Fernseher und ein Bücherregal. Und wir schliefen auf Matratzen auf dem Fußboden.

Wir hatten zwar nicht viel Geld übrig, aber in dem Baumarkt, in dem meine Mutter arbeitete, bekamen wir Prozente. Wir konnten uns einen Lieferwagen leihen, und auch die große Schleifmaschine für den Fußboden bekamen wir umsonst.

Meine Mutter hatte sich freigenommen, aber mein Bruder musste arbeiten, also besorgten wir die Sachen zu zweit.

»Guten Morgen, Helen«, sagte eine der Verkäuferinnen, als wir den Laden betraten. Sie war schon älter und ziemlich dick, aber sie sah freundlich aus.

»Hallo, Rita«, sagte meine Mutter und umarmte sie. »Das ist Alex.«

Rita reichte mir die Hand.

»Ohne deine Mutter wären wir hier verloren«, sagte sie.

»Jetzt hör aber auf.«

»Nein, das stimmt«, sagte Rita und sah mich an. «Seit sie hier ist, gehe ich wieder gerne zur Arbeit.«

Dann sah sie zu meiner Mutter.

»Heute Morgen ist Albert eine Palette mit Farbe umgefallen.« Sie zwinkerte meiner Mutter zu. »Du kennst ihn ja. Und na ja ... es sind zwar nur zwei Eimer kaputtgegangen, aber die anderen sind völlig mit Farbe verschmiert.« Sie lächelte. »Die können wir nicht mehr verkaufen. Ich hab dir ein paar zur Seite gestellt.«

Meine Mutter wollte etwas sagen, aber Rita wedelte mit der Hand.

»Wenn man vom Teufel spricht«, sagte sie und blickte zu einem kleinen Mann mit grauen Haaren. Er war noch ein paar Meter von uns entfernt, trug eine Arbeitshose und hinkte. Als er bei uns war, gab er mir die Hand.

»Lass dir von der bloß keinen Bären aufbinden«, sagte er. »Hallo, Helen, ich hab die Farbe schon in den Transporter geladen.«

Er gab meiner Mutter einen Schlüssel.

»Die Papiere liegen im Handschuhfach. Du kannst den Wagen bis Samstag behalten.«

»Danke, Albert.«

»Falls du noch Hilfe brauchst, sag Bescheid«, sagte er und verschwand wieder zwischen den Regalen.

»Ich glaube, ich muss mich auch wieder an die Arbeit machen. Schön, dich mal kennengelernt zu haben«, sagte Rita, zu mir gewandt. »Ich wünsche euch gutes Gelingen.«

Der Baumarkt war schon älter und kleiner als die großen modernen, aber es gab trotzdem alles, was wir brauchten. Wir schoben den Einkaufswagen durch die schmalen Gänge, beluden ihn mit Farbrollen, Pinseln, Fußbodenlack und Abdeckplane. Dann bezahlten wir und verstauten die Sachen im Transporter. Albert half uns, die große Schleifmaschine einzuladen, und gab uns eine Kiste mit Schleifpapier.

»Ein paar der Rollen sind schon gebraucht, aber sie sind noch in Ordnung«, sagte er und schob die Kiste auf die Ladefläche. Dann gab er meiner Mutter einen Zettel.

»Hier, meine Telefonnummer. Falls ihr noch Fragen habt, könnt ihr gerne anrufen.«

»Danke«, sagte meine Mutter.

»Kein Problem«, er sah zu mir und lächelte. »Aber mit diesem jungen Mann wird sicher alles klappen.«

Meine Mutter hatte zwar einen Führerschein, aber sie hatte nie einen eigenen Wagen besessen, und es kam selten vor, dass ich sie hinterm Steuer sah. Ich wusste, dass sie sich immer ein Auto gewünscht hatte. Und sie gefiel mir, wie sie den Wagen durch die Straßen lenkte.

»Mein Vater hatte einen grünen Ford Granada«, sagte sie. »Und als ich achtzehn war und endlich meinen

Führerschein bekommen habe, hat er ihn mir manchmal geliehen. Ich weiß noch genau, wie es darin gerochen hat.«

Wir fuhren an ein paar flachen Gebäuden entlang, dann bogen wir in eine größere Straße ein, die durch eine Unterführung führte.

»Der Ford war sein Heiligtum. Und außer mir ließ er niemanden damit fahren. Irgendwann bekommst du ihn, hat er immer gesagt.«

»Was ist aus dem Wagen geworden?«

»Als mein Vater krank wurde, gab meine Mutter ihn ihrem Bruder, und als er schließlich starb, verkaufte der ihn.«

Wir bogen in unsere Straße ein. Meine Mutter parkte den Wagen vor unserem Haus und schaltete den Motor ab.

»Ich war damals ziemlich sauer auf sie. Letztendlich war es der Grund, warum ich ausgezogen bin.«

Sie löste den Gurt, öffnete die Tür, stieg aber nicht aus.

»Ist lange her«, sagte sie. »Heute wäre ich froh, ich hätte mich mit meiner Mutter vertragen.«

Sie hielt einen kurzen Moment inne, dann zog sie den Schlüssel aus dem Zündschloss. Sie blickte zu mir herüber und lächelte.

»Wir sollten den Wagen ausladen.«

Als wir die Sachen in unsere Wohnung gebracht hatten, kam Dennis von der Arbeit. Er roch nach Frittierfett und sah müde aus.

»Ich dachte, ihr wärt schon fertig«, sagte er und stellte seine Tasche ab.

»Du weißt doch, dass wir ohne dich aufgeschmissen sind«, sagte meine Mutter und zwinkerte mir zu.

»Schon klar«, sagte er. »Mein Chef hat übrigens mitbekommen, dass wir renovieren. Er hat mir für den Rest der Woche freigegeben – wir sollen vorbeikommen, wenn wir fertig sind.«

Am nächsten Tag begannen wir damit, die alten Tapeten von den Wänden zu holen. Anfangs arbeiteten wir zu dritt, aber gegen Mittag kam Norman dazu.

»Sieht nach 'ner Menge Arbeit aus«, sagte er, als er die Wohnung betrat. Er zog seine Jacke aus und hängte sie über einen Stuhl.

»Schön, dass du uns hilfst«, sagte meine Mutter.

»Hallo, Norman«, sagte mein Bruder und gab ihm die Hand.

»Was soll ich machen?«

»In der Küche sind wir fast fertig«, sagte ich. »Lass uns mit dem Flur anfangen.«

Norman nahm sich einen Spachtel und einen Eimer mit Tapetenlöser, dann machten wir uns an die Arbeit.

Am Abend hatten wir alle Tapeten entfernt, und als wir die Wände am nächsten Tag gestrichen hatten, war die Wohnung kaum wiederzuerkennen.

»Jetzt noch der Fußboden«, sagte meine Mutter, als sie die Pinsel auswusch. Sie trug eine farbverschmierte Jeans und ein zu großes Hemd. Und obwohl sie diese alten Kleider anhatte, sah sie sehr hübsch aus.

Albert hatte mir erklärt, dass man den ersten Schleifgang diagonal zu den Holzdielen machen sollte, damit der Boden eben wird. Es dauerte eine Weile, bis ich wusste, wie ich die Maschine handhaben musste, aber als ich den Dreh raushatte, machte es Spaß. Mein Zimmer und die Küche ließen sich gut abschleifen, aber die restlichen Räume waren braun lackiert, und ich brauchte jede Menge Schleifpapier, um die Farbe wegzubekommen.

Während ich die großen Flächen abschliff, kümmerte sich Dennis mit einer kleineren Maschine um die Stellen, die man mit meiner nicht erreichen konnte. Gegen Abend hatten wir das Gröbste hinter uns. Wir waren mit einer dicken Schicht Staub überzogen, den wir uns mit tauben Händen gegenseitig von den Kleidern klopften.

»Mann, diese Maschine hat es echt in sich«, sagte Dennis. »Ich könnte wetten, dass ich das Vibrieren auch im Bett noch spüre.«

»Aber es hat sich gelohnt.«

Dennis nickte.

»Morgen Vormittag noch, dann können wir mit dem Lack anfangen.«

Nachdem wir den Fußboden gestrichen hatten und der Lack getrocknet war, fuhren wir zu dritt zu einem großen Laden, der gebrauchte Möbel anbot. Wir kauften einen alten Küchenschrank, einen Sessel und ein Bett für meine Mutter, ein Schlafsofa für Dennis und für mich einen Schreibtisch und einen Schreibtischstuhl.

Als wir die Sachen ausgeladen hatten, brachte meine Mutter den Transporter zurück. Dennis und ich rückten solange die Möbel an die richtigen Stellen. Gegen Abend sah die Wohnung langsam wieder bewohnbar aus, aber wir brauchten noch fast den ganzen Sonntag, bis wir endgültig fertig waren.

Meine Mutter kam in mein Zimmer, als ich gerade ein paar alte Filmplakate an die Wände hängte.

»Wow«, sagte sie. Sie hatte ihre Arbeitskleider ausgezogen und trug jetzt eine Jeans und eine Bluse. »Man könnte denken, man wäre in einer anderen Wohnung.«

Sie setzte sich auf meinen Schreibtischstuhl.

»Dennis ist im Bad. Du solltest jetzt auch langsam aufhören.«

»Bin gleich fertig.«

Als wir das Haus verließen, regnete es. In den letzten Tagen war es kälter geworden, und die Blätter hatten sich gelb verfärbt. Bei uns im Viertel war kaum jemand unterwegs, aber als wir auf die Hauptstraße bogen und an den ersten Kneipen vorbeikamen, änderte sich das. Die bunten Lichter der Läden spiegelten sich auf dem nassen Pflaster, die Bürgersteige waren voll, und trotz des schlechten Wetters herrschte eine ausgelassene Stimmung.

Das Restaurant, in dem Dennis arbeitete, hieß *Krähennest*. Ich war noch nicht dort gewesen, aber sobald wir den Laden betraten, fühlte ich mich wohl. Der Gastraum war lang und schmal, weshalb er mich sofort an einen Eisenbahnwaggon erinnerte. An den Wänden und Decken hingen Fischernetze, Steuerräder, Rettungsringe und alte Petroleumlampen. Tische und Stühle passten nicht zusammen, und der Holzfußboden knarrte.

Als wir eintraten, war nur ein Tisch besetzt.

»Da seid ihr ja endlich«, sagte der Mann hinter der Bar. Er hatte kurze Haare und freundliche Augen; sein Hemd spannte über seinem Bauch. »Setzt euch.«

Er zeige auf einen gedeckten Tisch, direkt neben dem Tresen.

»Ich bin Bert«, sagte er und gab mir die Hand. »Du bist sicher Alex.«

Ich nickte.

»Helen«, sagte meine Mutter.

»Ihr seid bestimmt hungrig.«

Es gab einen Eintopf mit Rindfleisch, Kartoffeln und Speck, und während wir aßen, saß Bert bei uns am Tisch.

»Ich hatte ganz vergessen, wie anstrengend es ist, den Laden allein zu schmeißen«, sagte er und sah zu Dennis. »Ich hoffe, du lässt mich hier nicht hängen.«

»Schön, dass er freimachen konnte«, sagte meine Mutter.

»Ich kenne die Häuser bei euch im Viertel. Gut aufgeteilt, aber der Zustand ist miserabel.«

»Jetzt nicht mehr«, sagte Dennis. »Aber ich fühle mich wie durch den Wolf gedreht.«

»Seid ihr fertig geworden?«

Meine Mutter nickte.

»Wir könnten ins Baugeschäft einsteigen«, sagte sie.

»Wenn das so ist«, sagte Bert und sah sich um. »Der Laden könnte auch etwas Farbe vertragen.«

Drei

2006

Carmen wohnte noch in demselben Haus wie früher. Es war schon damals ziemlich heruntergekommen, und ich hätte nicht gedacht, dass es noch so lange stehen würde. Ihr Name auf dem Klingelschild war verblasst, aber ich konnte ihre Schrift trotzdem gut erkennen. Sie hatte mir ein paarmal geschrieben und mir regelmäßig Zigaretten geschickt, über die ich mich auch noch freute, als ich mit dem Rauchen längst aufgehört hatte. Im Knast sind Zigaretten die beste Tauschwährung.

Die Haustür war nur angelehnt. Ich trat in den breiten Durchgang und lief zu dem kleinen Hinterhaus, in dem Carmen lebte. Flint wich mir keinen Zentimeter von der Seite.

Als sie die Tür öffnete, stieg mir direkt dieser vertraute Geruch nach Zigarettenrauch und Putzmittel in die Nase. Sie lächelte, als sie mich sah.

»Da bist du ja endlich«, sagte sie und drückte mich. »Komm rein.«

Wir gingen in die Küche.

»Setz dich.« Sie nahm eine Tasse aus dem Schrank und stellte sie vor mich auf den Tisch. Sie goss mir Kaffee aus einer Thermoskanne ein, dann bückte sie sich zu Flint hinunter.

»Seit wann bist du wieder da?«, fragte sie, während sie ihn streichelte.

»Ein paar Tage.«

»Und wie geht es dir?«

»Gut.«

»Sei bitte ehrlich zu mir«, sagte sie und sah mich an.

»Es ging mir schon mal besser. Aber ich bin froh, dass ich da raus bin.«

»Wo wohnst du?«

»Bei Norman.«

»Ihr zwei«, sagte sie und lachte. »Ich sehe euch immer noch als Jungs bei mir im Kino sitzen.«

»Wie geht es dir?«, fragte ich.

»Mein Magen quält mich, und die Ärzte meinen, dass ich eine neue Hüfte brauche, aber ansonsten bin ich kerngesund.«

Sie stand auf, nahm eine Schale von der Spüle, füllte sie mit Wasser und stellte sie auf den Fußboden. Dann setzte sie sich wieder.

»Fängst du wieder in der Werkstatt an?«

Ich nickte.

»Das ist gut«, sagte sie. »In der letzten Zeit hab ich mir Sorgen um Norman gemacht, er hat sich nur noch von Burgern und Fertiggerichten ernährt, und er sah aus, als hätte er sich das Schlafen abgewöhnt.«

»Danke, dass du dich um das Grab gekümmert hast. Hat das Geld gereicht?«

»Ich hab es nicht angetastet. Ich hab dir gesagt, dass

ich es nicht will. Hast du Hunger? Ich wollte gerade etwas kochen.«

Ich sah zu ihr, aber sie wich meinem Blick aus und zündete sich eine Zigarette an. Ich wusste, dass es nichts brachte, mit ihr zu diskutieren. Und während ich ihr gegenübersaß, merkte ich, wie hungrig ich war.

Als sie ihre Zigarette zur Hälfte aufgeraucht hatte, legte sie sie in den Aschenbecher und begann zu kochen. Ich fragte sie, ob ich in der Zwischenzeit was für sie einkaufen solle. Sie schrieb mir einen Zettel, und ich machte mich auf den Weg.

Draußen war es mittlerweile dunkel, und der kleine Laden, in dem ich einkaufen wollte, hatte geschlossen, also lief ich zu einem größeren Markt um die Ecke. Als ich weg gewesen war, hatten sie den Laden renoviert, das Licht war grell, und ich war froh, als ich wieder draußen war. Zurück lief ich einen Umweg. Norman hatte mir erzählt, dass dort, wo früher das Kino gewesen war, jetzt ein Wohnhaus stand. In den Cafés in der Nähe war ziemlich viel los, und obwohl es immer noch kalt war, saßen schon überall Leute vor den Läden.

Als ich zurückkam, roch es nach Bratkartoffeln und Speck. Der Tisch war gedeckt, und Flint lag auf einer alten Decke neben der Heizung.

»Du kommst genau richtig«, sagte Carmen und stellte die Pfanne auf den Tisch.

Ich stellte die Einkaufstaschen neben den Kühlschrank, dann setzte ich mich.

Während wir aßen, redeten wir kaum, und zum ersten Mal, seit ich zurück war, merkte ich, wie sehr ich das alles vermisst hatte und wie viel es bedeutete, einen Ort zu haben, wo man hinkonnte. Ich dachte an einen Typen, den ich im Knast kennengelernt hatte und der bei einem Unfall seine Frau und seine Tochter verloren hatte. Er war Mitte vierzig, sah aber aus wie sechzig. Er arbeitete wie ich in der Metallwerkstatt. Als ich ihm erzählte, dass ich nur noch ein paar Wochen hätte, meinte er, dass er nicht wisse, wo er hinsolle, und dass er sich in seiner Zelle ziemlich wohlfühle.

Als wir aufgegessen hatten, bestand ich darauf, das Geschirr abzuwaschen.

»Du könntest eine Spülmaschine gebrauchen«, sagte ich, als ich die sauberen Teller in den Schrank einräumte.

»Dann habe ich ja gar nichts mehr zu tun.« Sie lachte.

»Du könntest dir auch einen neuen Fernseher kaufen.« Ich blickte zu dem alten Apparat auf der Kommode.

»Für die Nachrichten reicht er. Und jetzt hör auf mit dem Quatsch, und hol uns einen Pudding aus dem Kühlschrank.«

»Hast du die Kiste noch, die ich dir gegeben habe?«, fragte ich, als ich wieder am Tisch saß.

»Die mit Dennis' Sachen?«

Ich nickte.

»Klar, im Schlafzimmer auf dem Schrank. Willst du sie mitnehmen?«

»Denke schon.«

Ich hatte den Karton zu ihr gebracht, als Dennis im Krankenhaus gelegen hatte, aber seit er tot war, hatte ich nicht mehr daran gedacht. Ich hatte keine Ahnung, was sich darin befand.

Als ich ging, brachte sie mich zur Tür.

»Schön, dass du wieder da bist.«

»Danke für das Essen.«

»Bring beim nächsten Mal Norman mit«, sagte sie und strich Flint über den Kopf.

»Mach ich.«

»Also, bis dann«, sagte sie und umarmte mich.

»Bis dann«, sagte ich und lief mit Flint über den Hinterhof zur Straße.

Als ich zurückkam, brannte in der Werkstatt noch Licht. Ich ging zum Boot, stellte die Kiste ab und holte zwei Bierflaschen aus der Kühlbox.

»Es ist Sonntag«, sagte ich, als ich die Werkstatt betrat.

»Ich weiß«, sagte Norman, der an den Bremsen eines Mitsubishis hantierte. »Dieses Teil macht mich noch verrückt.«

»Du solltest Feierabend machen.« Ich öffnete die Flaschen und reichte Norman eine.

»Vielleicht hast du recht.«

»Nicht nur vielleicht. Ich schaue mir den Wagen morgen mal an.«

»Wo warst du?«, fragte er und setzte sich auf einen Reifenstapel.

»Bei Carmen.«

Norman sah wieder zu dem Wagen.

»Die treibt mich in der letzten Zeit fast in den Wahnsinn«, sagte er. »Neuerdings bringt sie mir sogar Essen vorbei.«

»Ich war heute beim Kino. Schon seltsam, dass es weg ist.«

Norman nickte.

»Aber ich glaube, Carmen ist ganz froh darüber«, sagte er und trank einen Schluck von seinem Bier. »Freiwillig hätte sie den Laden sicher nie geschlossen, und so wurde ihr die Entscheidung abgenommen.«

»Kannst du dich noch an die Nacht erinnern, als Carmen uns den Schlüssel gegeben hat und wir diese ganzen alten Schinken gesehen haben?«

»Klar. Da hab ich schon ewig nicht mehr dran gedacht.«

Der erste Tag in der Werkstatt war noch etwas ungewohnt, aber schon am Tag darauf war alles wie immer. Am Morgen besprachen wir, was zu tun war. Dann machten wir uns an die Arbeit.

Ich wechselte das Motorlager an einem Volvo, schweißte den Auspuff an einem Saab und baute bei einem alten Passat neue Zündkerzen ein. Die Arbeit fiel mir so leicht wie früher, und während ich, über die Motorhaube gebeugt, mit dem Werkzeug hantierte, musste ich an die Anfangszeit in Hamburg denken. An all die Nachmittage, die ich mit Norman hier verbracht hatte. Auch wenn dieser Ort für andere Menschen nur eine schmutzige Halle war, war er für mich auch immer ein Schutzraum gewesen.

Gegen Mittag fuhren wir zum Essen zu einem kleinen Imbiss. Der Gastraum war eng und stickig, aber man konnte durch ein großes Fenster hinunter zum Fluss blicken.

»Wie war eigentlich das Essen da drin?«, fragte Norman.

»Auf jeden Fall besser als hier.« Ich lachte. »Aber ich weiß nicht, ob das was für dich wäre. Ich hab da nicht einen Burger gegessen.«

»Ich hab gerade auch nicht vor, umzuziehen.« Er trank einen Schluck von seiner Cola.

»Nein, im Ernst. Das Essen war wirklich in Ordnung. Freitags gab es immer Fisch, und jeden Mittwoch Eintopf.«

»Haben die da einen Essensraum?«

Ich nickte.

»Ja, aber in der Untersuchungshaft muss man in der Zelle essen. Das ist ziemlich trostlos. Zum Glück musste ich nicht lange auf meine Verhandlung warten.«

Nach dem Essen musste Norman noch ein paar Sachen besorgen, und ich lief mit Flint zurück zur Werkstatt. Wir gingen ein Stück an der Elbe entlang, und ich warf ihm ein paarmal einen Stock ins Wasser.

Es war der bisher wärmste Tag des Jahres. Ich zog meine Jacke aus und setzte mich auf eine Bank. Ein großes Containerschiff fuhr vorbei, und ich hörte, wie die Mannschaft die Laschen löste. Ich versuchte, jemanden an Deck zu erkennen, aber das Schiff war zu weit weg. Während ich dort saß, brachte Flint mir immer wieder seinen Stock, und ich warf ihn so lange ins Wasser, bis er müde war.

Als ich wieder bei der Werkstatt war, wechselte ich die Wasserpumpe an einem alten Transit. Nachdem ich sie ausgebaut hatte, sah ich, dass auch einige der Schläuche porös waren, also tauschte ich die auch aus. Ich war gerade dabei, die Schellen festzuziehen, als ich eine Stimme hörte.

»Hallo, jemand hier?«

Ich wischte meine Hände an einem Lappen ab und lief um den Wagen herum zum Eingang. Eine Frau stand neben der Tür und blickte zu mir herüber. Sie kam mir irgendwie bekannt vor, aber ich konnte sie nicht einordnen.

»Hallo«, sagte ich.

»Irgendwas stimmt mit meinem Wagen nicht. Er macht …«, sie stockte. »Warst du nicht die Tage bei mir im Laden?«

»Bohneneintopf«, sagte ich und lächelte.

»Du hattest jede Menge Taschen dabei. Hier arbeitest du also.«

Ich nickte.

»Ich bin Linda.«

»Alex«, sagte ich. »Wo steht dein Wagen?«

»Draußen«, sie zeigte auf die Tür.

Linda fuhr einen roten Starlet aus den frühen Neunzigern, und man sah ihm die Jahre an. Der Lack war matt, und er war ziemlich verrostet.

»Er hört sich irgendwie komisch an«, sagte sie.

»Würdest du ihn mal starten?«

Sie öffnete die Tür und setzte sich hinters Steuer, dann ließ sie den Wagen an.

Ich hörte sofort, dass er nur auf drei Zylindern lief. Ich öffnete die Motorhaube und sah mir die Zündkabel an.

»Du hattest wohl Besuch«, sagte ich.

Linda sah mich verwirrt an.

»Ein Marder – hat sich eins der Kabel vorgenommen. Ich schau mal, ob wir so eins hier haben.«

Ich ging in den Keller, wo wir die gebrauchten Teile aufbewahrten. Als ich zurückkam, streichelte sie Flint.

»Dein Hund?«

»Gehört quasi zur Werkstatt.«

»Wie heißt er?«

»Flint«, ich hielt das Kabel hoch.

»Würdest du den Wagen noch mal starten?«, sagte ich, als ich das Kabel eingebaut hatte. Linda setzte sich hinters Steuer und betätigte die Zündung.

»Klingt gut«, sagte ich und schloss die Motorhaube.

»Danke. Was bekommst du?«

»Vielleicht einen Auflauf?«

»Klar, gerne«, sagte sie. »Komm einfach vorbei.«

Vier

1996–1997

Ich lernte Janssen kurz vor Weihnachten kennen. Es war früher Nachmittag, als er in einem dunklen Leichenwagen auf den Hof der Werkstatt fuhr. Es war kalt, und als er durch die Tür trat, saßen Norman und ich am Fenster vor dem alten Ofen.

»Hallo, Jungs«, sagte er und gab zuerst Norman und dann mir die Hand.

»Wie's aussieht, habt ihr endlich Verstärkung bekommen«, er sah mich an.

»Das ist Alex«, sagte Norman. »Wir gehen in eine Klasse.«

Janssen war groß und schlank, trug einen schwarzen Anzug, und man sah, dass er schon alt war. Aber um seine Augen war noch immer etwas Jugendliches.

»Wo ist Peter?«, fragte er, während er sich eine Zigarette anzündete.

In dem Moment kam Normans Vater aus der Lackierkammer. Er trug einen farbverschmierten Wegwerfoverall und hielt eine Staubmaske in der Hand.

»Dachte schon, du lebst nicht mehr«, sagte er.

»Ich war für ein paar Tage bei meinem Bruder.«

»Wie geht es ihm?«

»Wie immer.«

»Kommst du von der Arbeit?«, fragte Normans Vater, während er den Overall auszog.

Janssen nickte.

»Wollen wir was essen gehen?«

»Klar, ich springe noch schnell unter die Dusche.«

Als Normans Vater im Umkleideraum verschwand, kam Janssen zu uns herüber. Er setzte sich auf den freien Hocker neben uns und blickte durch das schmutzige Fenster nach draußen.

»Ganz schön kalt geworden«, sagte er und zog an seiner Zigarette. Dann sah er zu uns. »Alles gut bei euch?«

Wir nickten.

»Peter hat mir erzählt, dass es bei dir in der Schule richtig gut läuft.« Er sah zu Norman und lächelte. »Das freut mich.«

Norman wirkte unsicher.

»Alex und ich lernen jetzt immer zusammen.«

»Das ist gut. Ich hab dir doch gesagt, dass das alles nur eine Sache der Übung ist.«

Als die beiden gegangen waren, erzählte mir Norman, dass Janssen früher zu See gefahren war und jetzt hin und wieder bei einem Bestattungsunternehmen aushalf.

»Er fährt die Leichen durch die Gegend, holt die Särge in der Tischlerei ab«, sagte er. »Mein Vater und er kennen sich schon ewig. Und als meine Mutter wegging, hat er oft auf mich aufgepasst.«

»Er wirkt nett«, sagte ich.

»Ist er auch. Er hat einen alten Zirkuswagen direkt an der Küste. Da sind wir früher manchmal hingefahren. Wir haben Lagerfeuer gemacht, und er hat mir bis spät in der Nacht Geschichten erzählt.«

»Wie alt ist er?«, fragte ich.

»Ich weiß es nicht. Jedes Mal, wenn ich ihn frage, sagt er etwas anderes.« Norman sah mich an. »Aber ich weiß, dass er als junger Mann im Krieg gewesen ist. Aber darüber spricht er auch nicht.«

»Hat er eine Frau?«

»Nein, aber mein Vater hat gesagt, dass er früher einmal verheiratet gewesen ist. Und bis vor Kurzem hatte er einen Hund.«

»Was ist mit ihm passiert?«

»Er war alt. Am Ende konnte er kaum noch laufen. Und er war blind.«

Zwei Tage vor Weihnachten kauften Dennis und ich einen kleinen Tannenbaum, den wir an Heiligabend aufstellten und schmückten, während meine Mutter das Essen vorbereitete. Wir benutzten den gleichen Weihnachtsbaumschmuck wie immer. Strohsterne, rote Kugeln und goldene Kerzenhalter.

»Schon verrückt, dass man sich einen Tannenbaum ins Wohnzimmer stellt«, sagte Dennis, als wir fertig waren.

Ich hatte noch nie darüber nachgedacht, aber während ich auf den Baum blickte, kam es mir auch seltsam vor.

»Überall auf der Welt stehen jetzt Bäume in den Wohnungen. In Grönland, in Alaska, in Spanien.«

»Meinst du, in Mexiko haben die auch Weihnachtsbäume?«, fragte ich.

»Weiß nicht«, sagte Dennis und sah nachdenklich zu der kleinen Tanne. »Vielleicht schmücken sie da auch Kakteen. Die sind schließlich auch grün.«

Er lachte.

Später saßen wir zusammen am Tisch.

»Schade, dass es nicht schneit«, sagte meine Mutter. Sie hatte eine Weihnachts-CD von Frank Sinatra aufgelegt, dessen Stimme die ganze Küche erfüllte. Meine Mutter und Dennis tranken Wein, aber ich blieb diesmal bei Cola.

Das Essen war großartig. Es gab Ente mit Rotkohl und Kartoffelbrei und zum Nachtisch Schokoladenpudding. Als wir aufgegessen hatten, blieben wir noch sitzen und sprachen über die Weihnachtsfeste der vergangenen Jahre. Dann setzten wir uns vor dem Tannenbaum auf den Fußboden.

»Ist nicht viel«, sagte meine Mutter und überreichte jedem von uns ein Paket. Das einzige Licht im Raum kam von den Kerzen des Weihnachtsbaums.

Dennis packte sein Geschenk zuerst aus. Es war ein Übungsbuch für den Führerschein.

»Danke«, sagte er und umarmte sie.

»Ich dachte, du könntest langsam mit dem Üben anfangen.«

Ich bekam einen Bildband über Oldtimer, von dem ich meiner Mutter vor einer Weile erzählt hatte.

»Gefällt er dir?«

»Klar, damit hab ich überhaupt nicht gerechnet. Vielen Dank.«

»Wir haben auch was für dich«, sagte Dennis und gab ihr die kleine Schachtel.

Als meine Mutter sie öffnete, begannen ihre Augen zu leuchten. Ich blickte zu Dennis, der zu mir sah und lächelte.

»Ist zwar kein echter, aber immerhin ist er grün«, sagte ich, als meine Mutter das Modellauto aus der Schachtel holte.

»Vielen Dank, ihr zwei«, sagte sie, während sie sich den Wagen anschaute.

Kurz nach Weihnachten begann es zu schneien, zuerst nur ein paar Flocken, dann immer mehr, und innerhalb von ein paar Stunden war alles mit einer weißen Schicht überzogen. Dennis und meine Mutter hatten frei. Wir machten lange Spaziergänge und bauten einen Schneemann. Und an einem Abend schauten wir uns E.T. bei Carmen im Kino an. Wir waren fast alleine in dem großen Saal, und als wir nach dem Film nach Hause gingen, waren die Straßen wie leer gefegt. In den meisten Fenstern brannte Licht, und in einigen Wohnungen konnte ich die brennenden Kerzen der Weihnachtsbäume sehen.

Silvester feierten wir in der Werkstatt. Normans Vater hatte einen langen Tisch aufgebaut. Meine Mutter, mein Bruder und ich brachten Chili con Carne mit, und Janssen hatte einen großen Kuchen besorgt. Es war das erste Mal, dass wir zusammen mit Freunden feierten. Ich dachte an das letzte Jahr und an unsere alte Wohnung. Obwohl wir erst ein paar Monate in der Stadt waren, kam es mir so vor, als würden wir schon immer hier leben.

»Hab gehört, dass du im *Krähennest* arbeitest«, sagte Normans Vater zu Dennis.

»Ja, ich mache da eine Ausbildung.«

»Bert und ich waren früher auf derselben Schule«, sagte er. »Ist ein guter Kerl. Macht dir die Arbeit Spaß?«

Dennis nickte.

»Der gute Kerl sollte vielleicht nur etwas weniger essen«, sagte Janssen und lachte. Er stand auf und ging zum Kühlschrank. »Soll ich noch jemandem was zu trinken mitbringen?«

»Eine Cola«, sagte ich.

»Und für mich ein Bier«, sagte meine Mutter.

Um kurz vor zwölf gingen wir nach draußen. Es hatte wieder zu schneien begonnen. Janssen hatte ein paar Raketen besorgt, die Norman und ich jetzt abfeuerten. Die anderen standen mit ihren Sektgläsern vor der Werkstatt, und Dennis machte ein paar Fotos.

Als wir nach Hause gingen, war es schon fast vier Uhr. Vereinzelt stiegen noch ein paar Raketen auf, und meine Mutter schwankte ein wenig. Auch Dennis war betrunken, auch wenn man es ihm kaum anmerkte. Und während wir durch die Straßen liefen, fiel mir auf, wie glücklich die beiden wirkten.

Im Frühjahr begann Dennis mit dem Führerschein. Das Autofahren fiel ihm leicht, und er bestand die Prüfung auf Anhieb. Zu seinem achtzehnten Geburtstag lieh Normans Vater ihm für eine Woche einen Wagen, und wir nahmen uns vor, für ein paar Tage ans Meer zu fahren. Janssen gab uns den Schlüssel zu seinem Zirkuswagen. Wir machten einen Großeinkauf, dann packten wir unsere Sachen in den Kofferraum und fuhren los.

Es war Ende April, vor einem Monat hatte es das letzte Mal geschneit, aber jetzt war es warm. Wir fuhren aus der Stadt und über eine Landstraße Richtung Küste. Das Radio lief, meine Mutter saß auf dem Beifahrersitz, und ich saß auf der Rückbank und blickte nach draußen. Wir kamen an einer Apfelplantage vorbei, die in voller Blüte stand, an Weiden, auf denen Rinder grasten, und fuhren durch kleine, verschlafene Dörfer. Ich hatte mein ganzes Leben in der Stadt verbracht und fragte mich, wie es wohl war, in einem so kleinen Ort zu leben.

Wir kamen am frühen Nachmittag an. Der Zirkuswagen stand keine hundert Meter vom Meer entfernt am Rande einer Steilküste. Er war weiß gestrichen und hatte ein rostiges Blechdach. Drinnen war es sauber und gemütlich. Es gab ein kleines Schlafzimmer mit einer Schlafnische und einem Etagenbett. Daneben war ein kleines Bad, und dann war da noch ein Wohnzimmer mit einer Kochgelegenheit, einem Esstisch und einem alten Sofa. Wir luden unsere Sachen aus und packten sie in die Schränke. Dann kochte meine Mutter Kaffee, während Dennis den Kuchen anschnitt und ich den Tisch deckte.

»Ich hätte nicht gedacht, dass in einem Zirkuswagen so viel Platz ist«, sagte Dennis.

»Ich auch nicht«, sagte meine Mutter. »Ich kann gut

verstehen, dass Janssen so oft hier ist. Will noch jemand ein Stück Kuchen?«

»Ja, gerne«, sagte ich und hielt ihr meinen Teller hin.

»Ich auch«, sagte Dennis.

Sie gab jedem von uns ein Stück, nahm sich selbst aber keins.

»Schmeckt er dir nicht?«, fragte Dennis.

»Doch, schon. Aber irgendwie hat mein Magen was dagegen«, sie lächelte. »Ich glaube, ich muss mich gleich ein bisschen hinlegen.«

Als wir fertig waren, spülte ich das Geschirr und räumte es zurück in den Schrank. Dann gingen Dennis und ich nach draußen.

Von dem Grundstück führte ein kleiner Weg hinunter zum Strand. In einiger Entfernung konnte ich ein Containerschiff sehen, und etwas abseits davon einen Leuchtturm. Die Luft war feucht, und es roch nach Algen und Seetang.

Wir liefen an der Küste entlang und unterhielten uns darüber, was in der nächsten Zeit bei uns anstand. Dennis kam bald ins zweite Ausbildungsjahr, und mein Schuljahr neigte sich dem Ende zu. Danach wollte ich auf die Realschule wechseln.

»Was macht Norman, wenn er mit der Schule fertig ist?«, fragte Dennis.

»Er fängt in der Werkstatt an. Obwohl er die mittlere Reife auf jeden Fall schaffen würde.«

»Ich kann ihn verstehen.«

»Wie läuft es bei dir?«

»Gut«, sagte er. »Bert ist echt ein super Chef. Er meint, dass er mich nach der Ausbildung übernimmt.«

»Klingt gut«, sagte ich. »Ich mag ihn.«

Wir kamen zu einem kleinen Hafen, an dem ein paar Segelboote langsam hin- und herschaukelten, und setzten uns auf die Treppe, die zu den Anlegern führte. Dennis nahm eine Schachtel Lucky Strikes aus seiner Jackentasche und hielt sie mir hin. Ich nahm eine, und er gab mir Feuer.

»Weiß Mama eigentlich davon?«, fragte er.

»Nein.«

»Ist vielleicht auch besser so. Sie macht sich sonst nur Sorgen.«

Ich nickte.

»Wenn ich mit der Ausbildung fertig bin, suche ich mir eine eigene Wohnung. Und dann ziehe ich nie wieder um«, sagte er und lachte. »Bert kennt einen Typen, der bei uns um die Ecke ein paar Häuser besitzt.«

»Ich habe auch keine Lust mehr umzuziehen.«

»Wirst du auch nicht. Diesmal bleiben wir.«

Wir saßen nebeneinander, rauchten und blickten zu dem kleinen Hafen. Ein paar Möwen drehten über uns ihre Runden, und der Wind blies die Seeluft zu uns herüber.

Als wir zurückkamen, dämmerte es, aber im Zirkuswagen brannte kein Licht. Wir gingen nach drinnen und schauten nach unserer Mutter. Sie lag noch immer auf dem Bett und schlief. Wir schlossen die Tür zu dem kleinen Schlafzimmer, holten uns was zu trinken und setzten uns nach draußen auf die Veranda.

Das Dröhnen der Brandung drang zu uns herauf. Der Himmel war klar, und man konnte die Sterne sehen.

»Meinst du, es gibt irgendwo da oben noch einen Planeten, auf dem jemand lebt?«, fragte ich.

»Weiß nicht. Könnte sein.«

»Seit wir E.T. gesehen haben, denke ich die ganze Zeit darüber nach.«

»Hoffentlich landen die nicht heute Abend«, sagte er und trank einen Schluck.

Wir schwiegen einen kurzen Moment.

»Kannst du dich eigentlich noch an Vater erinnern?« Ich blickte zu Dennis.

»Warum fragst du?«

»Keine Ahnung, ging mir einfach gerade durch den Kopf.«

»Keine direkten Erinnerungen, eher so ein Gefühl. Verstehst du?«

»Ich glaube schon«, sagte ich. »Vermisst du ihn manchmal?«

Er dachte kurz nach.

»Nein, eigentlich nicht. Du?«

Ich schüttelte den Kopf.

»Ich frage mich nur manchmal, wie unser Leben mit ihm verlaufen wäre.«

Als ich am nächsten Morgen aufwachte, war meine Mutter schon dabei, Frühstück zu machen. Es roch nach Toast und Kaffee, und als ich mich an den Tisch setzte, lächelte sie.

»Guten Morgen«, sagte ich. »Geht es dir besser?«

»Ja, ich glaube, mir hat einfach etwas Schlaf gefehlt.«

»Bist du schon lange auf?«

»Nein«, sagte sie. »Schläft Dennis noch?«

Ich nickte. »Wir waren ziemlich lange wach.«

»Wo wart ihr gestern Nachmittag?«

»Wir sind ein Stück am Strand entlanggelaufen. Da gibt es einen kleinen Hafen.«

Wir waren schon mit dem Frühstück fertig, als sich Dennis zu uns setzte.

»Ist noch Kaffee da?«, fragte er.

Ich reichte ihm die Thermoskanne, und er goss sich ein.

»Was wollen wir heute machen?«, fragte meine Mutter.

»Janssen hat erzählt, dass es hier in der Nähe ein großes Aquarium gibt.«

»Das hört sich gut an«, sagte meine Mutter und blickte zu Dennis. »Was meinst du?«

»Ich bin mit allem einverstanden, wenn wir das Auto nehmen.« Er grinste und trank einen Schluck Kaffee. »Von mir aus können wir direkt nach dem Frühstück los.«

Die Fahrt dauerte eine halbe Stunde. Die meiste Zeit fuhren wir direkt an der Küste entlang, aber an einigen Stellen führte die Straße ins Landesinnere, an Feldern vorbei und an kleinen Backsteinhäusern.

»Wäre schön, wenn wir ein eigenes Auto hätten«, sagte ich. »Dann könnten wir so was öfter machen.«

»Stimmt«, sagte meine Mutter. »Jetzt, wo Dennis den Führerschein hat.« Sie sah zu ihm hinüber.

»Nicht, dass ich das alles wieder verlerne«, sagte er.

»Wirst du nicht«, sie lachte. »Aber wer weiß, mein Chef hat gesagt, dass ich im Herbst etwas mehr Geld bekomme.«

Das Aquarium lag direkt am Strand. Wir parkten den Wagen, kauften uns an der Kasse Karten und traten ein. Das Licht war gedimmt, und an den Wänden waren große Scheiben, hinter denen Fische schwammen. Es gab Becken mit Haien, Meeresschildkröten und Seespinnen. Ein Gang bestand komplett aus Glas, und man konnte überall die Tiere beobachten. Ich war so fasziniert, dass ich für eine Weile meinen Bruder und meine Mutter vergaß, und nach ein paar Minuten stellte ich fest, dass ich sie zwischen den anderen Leuten verloren hatte. Ich lief durch die Gänge zurück zum Eingang, aber ich fand sie nicht, also lief ich den ganzen Weg ein zweites Mal ab. Und als ich sie auch diesmal nicht fand, verließ ich das Aquarium und ging über den Parkplatz zu unserem Wagen.

Ich sah sie schon von Weitem. Meine Mutter stand vornübergebeugt neben dem Wagen, während Dennis sie stützte. Es sah seltsam aus, und ich brauchte einen Moment, bis ich verstand, dass sie sich übergab.

Ich fing an zu laufen.

»Was ist los?«, fragte ich, als ich sie erreicht hatte.

»Sie ist da drin plötzlich ganz blass geworden und ist dann zusammengebrochen«, sagte Dennis.

Ich strich meiner Mutter über den Arm, und erst jetzt bemerkte sie, dass ich neben ihr stand.

»Wie geht es dir?«, fragte ich.

Sie hustete.

»Alles halb so wild«, sagte sie. »Ich glaube, ich muss mich mal setzen.«

Ich öffnete die Beifahrertür, und Dennis half ihr auf den Sitz.

»Mir ist da drin irgendwie schlecht geworden. Ich glaube, das lag an dem Licht.«

Ich sah zu Dennis, dann wieder zu meiner Mutter.

»Möchtest du was trinken?«, fragte ich.

»Nein, aber ich glaube, ich muss auf die Toilette.«

Wir gingen mit ihr zum Aquarium und brachten sie zur Toilette. Als sie nach ein paar Minuten wieder aus der Tür trat, sah sie etwas besser aus.

»Wäre es in Ordnung für euch, wenn wir wieder zurückfahren?« Sie versuchte ein Lächeln.

»Klar. Meinst du, du schaffst die Fahrt?«, fragte ich.

Sie nickte.

»Dann lass uns zum Wagen gehen«, sagte Dennis und hielt ihr den Arm hin. Sie hakte sich ein, und dann verließen wir das Gebäude.

Als wir wieder im Zirkuswagen waren, durchsuchte ich die Schränke. Ich fand eine angebrochene Packung Tee, kochte eine Kanne und brachte sie zu meiner Mutter ins Schlafzimmer.

Sie lag im Bett, und Dennis saß ihr auf einem Stuhl gegenüber.

»Tut mir leid, dass ich ausgerechnet jetzt schlappmache«, sagte sie.

»Das macht doch nichts, man kann sich nicht aussuchen, wann man krank wird«, sagte ich und stellte die Kanne auf den kleinen Nachttisch. »Möchtest du etwas essen?«

»Nein, ich habe alles, was ich brauche. Ich versuche jetzt, ein bisschen zu schlafen. Später geht es mir bestimmt wieder besser.« Sie schloss die Augen.

»Wenn du etwas brauchst, sag Bescheid«, sagte ich und stand auf.

»Mach ich.«

Während meine Mutter schlief, fuhr Dennis zur nächsten Apotheke, und ich setzte mich mit einem Comic auf die Veranda. Aber ich konnte mich nicht konzentrieren. Ich saß einfach so da und blickte übers Wasser. Das Containerschiff lag noch immer vor Anker, und ich konnte die weißen Linien der brechenden Wellen sehen. Nach einer Weile hörte ich aus der Ferne ein ungewohntes Geräusch. Es klang wie ein rostiges Quäken und wurde stetig lauter. Und dann sah ich ein paar Wildgänse, die in einiger Entfernung über das Wasser flogen.

Fünf

2006

Die ersten Tage in der Werkstatt liefen alle ähnlich ab. Bevor ich mit der Arbeit anfing, ging ich laufen. Dann tranken Norman und ich gemeinsam in der Werkstatt Kaffee, und in der Mittagspause gingen wir was essen. Manchmal kam Carmen vorbei und brachte uns Obst, ein paarmal ging sie auch mit Flint spazieren. Es war seit Tagen gutes Wetter, und es sollte in der nächsten Zeit auch so bleiben.

Am Wochenende besorgten wir Bratwürste, abgepackten Kartoffelsalat und Bier. Ich holte den alten Grill aus dem Lager, säuberte den Rost mit einer Drahtbürste und stellte ihn auf den Hof.

»Wir haben vergessen, Holzkohle zu kaufen«, sagte ich.

»Müsste eigentlich noch was im Keller sein«, sagte Norman und stieg die Treppe hinunter. Als er zurückkam, hielt er einen Sack Kohlen in der Hand. Er öffnete ihn und schüttete einige davon in den Grill. Dann ging er wieder in die Werkstatt und kam mit einem Bunsenbrenner zurück.

Während wir darauf warteten, dass die Kohlen heiß

genug waren, trugen wir den Tisch und die Stühle nach draußen. Dann setzten wir uns.

»Gehst du eigentlich noch manchmal ins Kino?«, fragte ich.

»Seit Carmen den Laden geschlossen hat, nur noch selten. Ist lange her, dass ich das letzte Mal im Kino war. Ich glaube, das war mit dir.«

»Ist wirklich lange her. Weißt du noch, welchen Film wir gesehen haben?«

»Das war der über Che Guevara, in dem er mit dem Motorrad quer durchs Land fährt.«

»Stimmt«, sagte ich. »Ich erinnere mich.«

»In dem Kino hier um die Ecke zeigen sie samstags Filme, die schon länger laufen. Da könnten wir später doch mal vorbeischauen.«

Das Kino lag an einer großen Straße. Es war ein neueres Gebäude, das hauptsächlich aus Glas und Metall bestand, und außer dem Kino waren dort noch eine Bar und eine Bowlingbahn untergebracht. Das Foyer war mit rotem Teppich ausgelegt; es roch nach Popcorn, und es gab ein paar Sessel und zwei Flipper. An den Wänden standen Videospielautomaten, daneben ein paar Barhocker.

Wir entschieden uns für einen Film mit Clint Eastwood, in dem er als Boxtrainer arbeitet und eine Boxerin trainiert, die am Ende stirbt.

»Der Film hat mich ziemlich runtergezogen«, sagte Norman, als wir aus dem Kino traten. »Ich weiß echt nicht, warum solche Filme immer so enden müssen. Sie hätte den Kampf doch auch gewinnen können.«

Wir liefen durch das große Foyer zur Rolltreppe.

»Vielleicht sollten wir noch was trinken«, sagte ich und zeigte auf die Bar.

Norman nickte, und wir betraten den Laden. Er war größer, als ich ihn mir vorgestellt hatte. Auf der einen Seite gab es einen langen Tresen und auf der anderen Seite Sitznischen mit dunklen Holztischen und roten Kunstlederbänken. Das Licht war schummrig, und es war kaum jemand da.

Wir setzten uns an den Tresen, und ich bestellte mir einen Gin Tonic und Norman ein Bier. Während wir tranken, sprachen wir kaum, und als unsere Gläser leer waren, bestellten wir zwei neue.

»Ich musste bei dem Film die ganze Zeit an Dennis denken«, sagte er. »Keine Ahnung, warum.«

Auch ich hatte an ihn gedacht. An die Tage im Krankenhaus, und an all die Schläuche und Geräte.

Norman zog eine Zigarettenschachtel aus seiner Tasche und klopfte eine heraus, dann hielt er sie mir hin.

Ich schüttelte den Kopf, während Norman seine Zigarette mit einem goldenen Zippo anzündete. Er blies den Rauch aus und sah mich an.

»Es gibt keinen Menschen, den ich so gut kenne wie dich«, sagte er. »Aber ich weiß trotzdem nie, wie es dir geht.«

»Wie meinst du das?«

»Du sprichst nicht darüber. Das war schon immer so.«

Er zog an seiner Zigarette.

Ich dachte darüber nach, was er gesagt hatte, aber ich wusste nicht, was ich darauf antworten sollte.

Er schob seine Bierflasche auf dem Tresen hin und her. Dann zog er wieder an seiner Zigarette.

»Vielleicht hast du recht«, sagte ich.

Norman nickte, und wir sahen zu dem Barkeeper. Er war in unserem Alter und trug ein schwarzes Hemd. An seinen Handgelenken konnte ich das blasse Blau alter Tätowierungen sehen. Und zwischen Daumen und Zeigefinger hatte er drei schwarze Punkte gestochen.

»Sollen wir noch was trinken?«, fragte Norman.

Ich nickte.

»Ja, aber lass uns woanders hingehen.«

Als wir draußen auf der Straße standen, merkte ich, dass ich betrunken war. Und an der Art, wie er sich bewegte, konnte ich sehen, dass es ihm genauso ging.

»Kannst du dich noch an den Abend erinnern, als wir uns das erste Mal betrunken haben?«, fragte ich.

»Der Weinbrand«, sagte Norman. »Ich kann das Zeug immer noch nicht sehen.«

»Wir haben nicht mal eine halbe Flasche geschafft«, ich lachte.

»Ja, und ich hatte furchtbare Angst, dass mein Vater was merkt.«

»Und, hat er?«

»Ich glaube schon«, sagte Norman. »Aber er hat nichts gesagt.«

Wir liefen durch einen kleinen Park, an einem Spielplatz vorbei und dann an einer breiten Straße entlang. Die Bürgersteige wurden allmählich voller, und in der Ferne konnte ich die Lichter der Bars erkennen. Wir kamen an ein paar Taxis vorbei, einem Restaurant und einem Kiosk. Dann konnte ich das alte Kneipenschild des *Mayday* sehen. Es lag in einem einstöckigen, gelb gestrichenen Gebäude. Manchmal spielten dort Livebands, und an diesem Abend gab es einen DJ. Als wir eintraten, lief ein Song von Johnny Cash. Es war ziemlich viel los, und auf der kleinen Tanzfläche bewegten sich ein paar Leute langsam zur Musik.

Norman bestellte Bier und für jeden von uns einen Tequila.

»Oder hättest du lieber einen Weinbrand gehabt?«, er grinste.

»Schon okay«, sagte ich und sah zu den Billardtischen hinüber.

»Lust auf 'ne Runde?«

»Warum nicht«, sagte er, und wir gingen zu den Tischen.

Die erste Partie gewann ich, aber dann verließ mich das Glück. Und nach ein paar Spielen setzten wir uns wieder an den Tresen.

Es war schon lange her, dass ich das letzte Mal hier gewesen war, und ich kannte keinen der Gäste. Auch die Leute hinterm Tresen waren neu, aber der Laden sah aus wie immer. Dennis war früher oft hier gewesen, und ich fragte mich, ob das der Grund war, warum wir jetzt hier saßen. Ich erinnerte mich an einen Abend, an dem wir uns hier gemeinsam betrunken hatten; an den Heimweg. Ich wusste noch genau, was er an diesem Abend getragen hatte, aber ich konnte mich nicht erinnern, worüber wir gesprochen hatten.

Ich steckte noch mitten in Gedanken, als mir jemand auf die Schulter tippte.

»Hallo, Alex.«

Als ich mich umdrehte, stand Freddy hinter mir.

»Wieder zurück?«

Ich nickte.

Freddy betrieb einen kleinen Gebrauchtwagenhandel, er verkaufte alle möglichen Fahrzeuge, aber er hatte nicht den besten Ruf. Er war gut mit Dennis befreundet gewesen, und ich hatte ihn das letzte Mal auf der Beerdigung gesehen.

»Ich hab das alles immer noch nicht verstanden«, sagte er.

»Mir geht es ähnlich«, sagte ich.

»Ich gehe regelmäßig zu ihm auf den Friedhof. Ich wollte dich eigentlich auch immer besuchen kommen. Aber …«

»Schon okay«, sagte ich.

»Irgendwie machen Gefängnisse mir Angst.«

»Bist du noch oft hier?«

»Nein, hier hat sich viel verändert, auch wenn man das vielleicht nicht sieht.« Er sah sich um.

»Soll ich dir was bestellen?«

»Ja, ein Bier.«

Als er die Flasche in der Hand hielt, stießen wir an.

»Auf Dennis«, sagte er.

»Auf Dennis.«

»Falls ich dir irgendwie helfen kann, sag Bescheid. Also wenn du ein Auto brauchst oder so. Ich mach dir ’nen guten Preis.«

»Danke.«

Er hob erneut sein Bier.

»Ich schau mich mal ein wenig um«, sagte er. »Pass auf dich auf.«

»Mach ich«, sagte ich.

Und dann verschwand er zwischen den Gästen.

Als ich mich wieder zum Tresen drehte, merkte ich, dass Norman aufgestanden war. Er lehnte neben der Toilettentür an der Wand, rauchte und unterhielt sich mit einer Frau. Ich trank mein Bier aus, dann bestellte ich mir noch eins. Aber ich fühlte mich unwohl, und bevor meine Flasche leer war, stellte ich sie auf den Tresen, nahm meine Jacke und ging.

Als ich am nächsten Morgen aufwachte, hörte ich, wie der Regen auf das Deck trommelte. Ich hatte Kopfschmerzen und konnte mich kaum noch an den Heimweg erinnern. Zuerst versuchte ich weiterzuschlafen, aber ich war unruhig, und nach einer Weile stand ich auf, ging zum Waschbecken und putzte mir die Zähne.

Auf dem Tisch stand die Kiste mit Dennis' Sachen. Sie war geöffnet, und ein paar Fotos lagen daneben. Ich hatte sie in der Nacht zuvor aus dem Schrank geholt, aber ich hatte mir nur zwei oder drei der Bilder angesehen und mich dann ins Bett gelegt.

Ich nahm mir eine Flasche Wasser und setzte mich.

Ich begann mit den Bildern, die neben der Kiste lagen. Sie zeigten mich und Dennis als Kinder; auf einigen Fotos war auch meine Mutter zu sehen. Dann fielen mir ein paar Bilder von der Silvesterfeier in die Hand. Auf einigen saßen wir am Tisch in der Werkstatt. Es gab auch welche, auf denen Norman und ich Raketen zündeten, aber sie waren unscharf, und man konnte kaum etwas erkennen. Es war unsere einzige gemeinsame Feier gewesen, nur Monate später hatte sich für uns alles geändert.

Als ich mir alle Fotos angesehen hatte, schaute ich, was sonst noch in der Kiste war. Ich fand ein paar CDs, ein altes Taschenmesser, Dennis' Führerschein und das kleine Modellauto, das wir unserer Mutter zu Weihnachten geschenkt hatten. Ich nahm es vorsichtig heraus, stellte es auf den Tisch und sah es eine Weile an. Dann packte ich die anderen Sachen wieder in die Kiste, stellte sie auf den Schrank und zog meine Laufkleider an.

Es regnete in Strömen, und in den ersten Minuten war ich kurz davor, wieder umzukehren. Aber je länger ich lief, umso besser ging es mir, und nach einer halben Stunde waren die Kopfschmerzen fast verschwunden. Ich lief eine Zeit lang an einer Straße entlang, dann eine leichte Anhöhe hinauf, an einer Kirche vorbei und durch eine Schrebergartensiedlung zu einem Park. Ich hatte hier früher manchmal mit Norman Fußball gespielt, und als ich jetzt an der großen Wiese mit den alten Metalltoren vorbeilief, kam mir das alles sehr weit weg vor.

Als ich zurückkam, war ich völlig durchnässt. Ich warf meine Kleider in die Waschmaschine und ging duschen.

Eine Stunde später ließ der Regen nach. Zuerst überlegte ich, bei Norman vorbeizuschauen, aber dann lief ich einfach so durch die Gegend. Ich kam an dem Bestattungsinstitut vorbei, bei dem Janssen früher gearbeitet hatte und das es immer noch gab. Im Schaufenster standen ein einfach gezimmerter Kiefernsarg, daneben eine große Kerze und eine dunkle Urne. Ich überquerte die Straße und ging Richtung Innenstadt, entschied mich dann aber, bei dem alten Baumarkt vorbeizuschauen.

Ich erkannte das Gebäude kaum wieder. Der Markt war von einer großen Kette übernommen worden, die das Haus vergrößert und gestrichen hatte. Über dem Eingang hing ein überdimensioniertes Schild, und auf dem Parkplatz standen ein paar einfache Unterstände für Einkaufswagen. Der Himmel hatte sich wieder zugezogen, und während ich auf dem Parkplatz stand und zu dem Baumarkt blickte, begann es zu regnen. Ich dachte an den Tag, an dem ich zum ersten Mal durch diese Tür getreten war. Und obwohl es jetzt noch stärker regnete, ging ich weiter.

Ohne darauf zu achten, wo ich hinlief, landete ich bei dem Café, in dem Linda arbeitete. Diesmal fiel mir zum ersten Mal der Name auf. *Bettys* stand auf einer Leuchttafel über dem Eingang. Die große Fensterscheibe war beschlagen, und ich konnte nichts erkennen. Ich öffnete die Tür und trat ein. Es roch nach Kaffee, und alle Tische waren besetzt. Nur am Tresen saß niemand. Ich durchquerte den Raum, legte meine Jacke über einen Barhocker und nahm Platz. Ich hatte gerade die Getränkekarte in die Hand genommen, als ein kleines Mädchen auf mich zustürmte. Sie war vier oder fünf, trug ein blaues Kleid, und ihre Haare waren zu einem Pferdeschwanz zusammengebunden.

»Kannst du mich da hochheben?«, fragte sie und zeigte auf den Hocker neben mir.

»Ich weiß nicht«, sagte ich und sah mich um. »Meinst du nicht, dass der zu hoch für dich ist?«

»Ich sitze da immer«, sagte sie und hob die Arme. Ich half ihr auf den Hocker.

»Wie heißt du?«, fragte sie, während sie mit ihren Beinen zappelte.

»Alex.«

»Und warum bist du alleine hier?«

Ich wusste nicht, was ich darauf antworten sollte.

»Wie heißt du?«

»Marie«, sagte sie. »Soll ich dir einen Zaubertrick zeigen?«

Ich nickte. »Klar.«

»Hast du ein Geldstück?«

Ich nahm eine Münze aus meiner Hosentasche und legte sie auf den Tresen.

»Pass auf.« Sie nahm die Münze in die Hand, schloss sie, und als sie die Hand wieder öffnete, war die Münze verschwunden.

Sie blickte mich stolz an.

»Wie hast du das gemacht?«

»Wenn du mir noch ein Geldstück gibst, zeige ich es dir.«

Aber sie ließ auch die nächste Münze verschwinden, ohne dass ich verstand, wie sie es machte.

Gerade als ich ihr die dritte Münze geben wollte, krabbelte sie vom Hocker und verschwand in Richtung Toiletten.

Erst jetzt merkte ich, dass Linda hinterm Tresen stand und uns die ganze Zeit beobachtet hatte.

Sie lächelte.

»Vielleicht sollte ich ihr etwas mehr Taschengeld geben.«

»Deine Tochter?«

Sie nickte.

»Ja, am Wochenende nehme ich sie immer mit hierher. Möchtest du was essen?«

»Nein danke. Aber ein Kaffee wäre prima.«

»Bekommst du«, sagte sie und ging zu der großen Kaffeemaschine.

»Was macht dein Wagen?«

»Läuft, als wäre nie etwas gewesen.«

Linda stellte die Kaffeetasse vor mich hin.

»Milch? Zucker?«

»Nur Milch«, sagte ich. »Danke.«

»Seit wann gibt es den Laden?«, fragte ich und sah mich um.

»Ein halbes Jahr.«

»Er gefällt mir«, sagte ich. »Ist wirklich gemütlich hier.«

»Wir haben fast alles selbst gemacht.«

»Ist es deiner?«

Sie lächelte.

»Nein. Er gehört Frank. Er wohnt bei mir im Haus, und seit er in Rente ist, weiß er nichts mit sich anzufangen. Aber bei der Einrichtung hat er mir freie Hand gelassen. Alles, was er wollte, war, dass sein Sohn die Spätschichten bekommt.«

»Was hat es mit dem Namen auf sich?«

»So hieß Franks verstorbene Frau. Darauf hab ich bestanden.«

Marie kam wieder um die Ecke, und diesmal kletterte sie alleine auf den Hocker. Als sie saß, blickte sie mich verstohlen an.

»Ich denke, du solltest Alex sein Geld wiedergeben«, sagte Linda.

»Schon okay«, sagte ich und sah zu Marie. »Sie hat es ja weggezaubert.«

Ich zwinkerte ihr zu.

»Alex hat übrigens einen Hund.«

Marie machte große Augen.

»Wo ist er?«

»Zu Hause.«

»Marie liebt Hunde.«

»Ja, aber ich darf keinen haben.« Sie verschränkte die Arme vor der Brust.

»Wir können ja mal zusammen spazieren gehen«, sagte ich.

»Jetzt?«

Ich sah zu Linda, dann wieder zu Marie. »Bald, und natürlich nur, wenn deine Mutter es erlaubt.«

Marie blickte zu Linda.

»Wir können das ja zusammen machen«, sagte Linda und lächelte mich an.

Als ich den Laden verließ, hatte es aufgehört zu regnen. An manchen Stellen blitzte das Blau des Himmels durch die Wolken, und während ich zurücklief, fiel mir auf, dass ich in den letzten Stunden nicht ein einziges Mal an meinen Bruder oder meine Mutter gedacht hatte. Der Kater war verschwunden, und als ich schon fast bei der Werkstatt war, entschloss ich mich, noch kurz bei Norman zu Hause vorbeizugehen.

Es dauerte einen Moment, bis er öffnete, und als ich im Treppenhaus war, kam mir Flint entgegen. Er bellte kurz, wedelte mit dem Schwanz, dann lief er vor mir her die Treppen hinauf.

Norman sah verschlafen aus, und als wir im Wohnzimmer waren, legte er sich auf die Couch.

»Ich werde langsam alt«, sagte er.

Es war das erste Mal seit langer Zeit, dass ich seine Wohnung betrat. Aber es hatte sich nichts verändert. Norman lebte schon sein ganzes Leben hier. Zuerst zusammen mit seinen Eltern, dann nur noch mit seinem Vater. Und seit der nicht mehr lebte, wohnte er alleine hier. Die Wohnung war eigentlich zu groß für ihn. Von den drei Zimmern, die sie besaß, nutzte er nur eins.

»Wie geht es dir?«, fragte er.

»Ganz okay. Ich bin schon den ganzen Tag unterwegs.«

»Regnet es noch?«

»Nein.«

»Mir ist immer noch übel«, sagte er. »Ich glaube, ich stelle mich mal unter die Dusche. Könntest du eine Runde mit Flint gehen?«

Noch bevor ich antworten konnte, kam Flint zu mir rüber und stieß mich mit der Schnauze an.

»Klar«, sagte ich und stand auf.

Im Park spielten wir eine Weile mit einem Tennisball. Dann begegnete ich einer alten Frau mit einem Labrador. Die beiden Hunde jagten sich fast eine halbe Stunde quer über die große Wiese, und auf dem Rückweg trottete Flint langsam hinter mir her. Er hechelte und sah zufrieden aus, und in der Wohnung legte er sich sofort in seinen Korb.

Norman war in der Küche damit beschäftigt, Spaghetti zu kochen. Er war geduscht, trug frische Kleider und hatte nasse Haare.

»Möchtest du auch was essen?«

»Ja, gerne«, sagte ich und setzte mich.

Norman stellte zwei Teller auf den Tisch, dann goss er die Nudeln ab.

Wir aßen und unterhielten uns über den Abend. Aber wir sprachen nicht über den Film oder über Dennis. Und nachdem wir aufgegessen hatten, setzten wir uns vor den Fernseher.

Als ich schließlich ging, war es schon ziemlich spät, und da Norman am nächsten Morgen einen Motor abholen musste, nahm ich Flint mit zu mir.

Die Straßen waren leer. Es war ein gutes Stück kälter als am Nachmittag, und ich fror. Ich hatte vergessen, Norman nach Futter für Flint zu fragen, also lief ich an einer Tankstelle vorbei und kaufte ein paar Dosen. Als ich bei der Unterführung ankam, fuhr eine S-Bahn über die Brücke, und im Dunkeln wirkte es, als würden die Waggons schweben. In der Ferne sah ich die erleuchteten Fenster der Wohnhäuser.

In dieser Nacht träumte ich von einem Fluss. Er war trüb und wild, und ich war ein gutes Stück vom Ufer entfernt. Meine einzige Rettung schien ein Boot zu sein, das nicht weit entfernt von mir im Wasser trieb. Nur eine Person saß darin und mühte sich mit den Rudern ab. Aber ich hatte nicht das Gefühl, dass sie das Boot unter Kontrolle hatte. Ich nahm all meine Kräfte zusammen und schwamm in die Richtung. Ich kam nur langsam voran, und am Anfang war ich mir unsicher, ob ich es schaffen würde, aber nach einer Weile merkte ich, dass ich mich dem Boot näherte. Meine Kräfte schwanden, trotzdem wusste ich, dass ich es schaffen würde, und als ich das Boot erreichte, drehte die Person sich zu mir um. Aber bevor ich das Gesicht erkennen konnte, wachte ich auf.

Sechs

1997

Zu Hause ging es meiner Mutter immer noch nicht besser, und weil Dennis arbeiten musste, kümmerte ich mich die meiste Zeit um sie. Ich kochte ihr Kartoffelpüree, Reis und Hühnchen, aber sie behielt kaum etwas bei sich. Sie war blass und schwach, und ich hatte das Gefühl, dass sie schon viel abgenommen hatte.

Nach ein paar Tagen ging ich mit ihr zu einer Ärztin, die ihr Ruhe verordnete und etwas gegen die Magenschmerzen verschrieb. Aber ich hatte nicht den Eindruck, dass die Medikamente halfen. Sie schlief fast den ganzen Tag, und wenn sie wach war, döste sie vor sich hin. In den Nächten schwitzte sie so stark, dass sie mehrmals ihr Nachthemd wechseln musste.

»Ich mache mir langsam Sorgen«, sagte ich, als ich eines Abends mit Dennis in der Küche saß.

»Das wird schon wieder«, sagte er.

Wir aßen Lasagne, die er von der Arbeit mitgebracht hatte.

»Ich weiß nicht, vielleicht sollten wir noch mal mit der Ärztin reden.«

»Es dauert bestimmt noch, bis die Medikamente anfangen zu wirken. Lass uns noch ein, zwei Tage warten. Wenn es ihr dann nicht besser geht, gehen wir wieder hin.«

Als ich am nächsten Morgen aufstand und nach ihr sah, saß sie auf der Bettkante, beachtete mich aber kaum. Und als ich die Jalousien öffnete, sah ich, dass ihre Haut sich gelb verfärbt hatte. Ich versuchte, mir nichts anmerken zu lassen.

»Wie geht es dir heute?«, fragte ich.

»Die Schmerzen sind etwas besser, aber mir ist ziemlich übel.«

»Sollen wir noch mal zur Ärztin gehen?«

»Ich weiß nicht. Du musst zur Schule.«

»Ist nicht schlimm, wenn ich mal einen Tag fehle«, sagte ich und setzte mich zu ihr. Sie legte ihre Hand auf mein Bein. Und ich nahm sie und drückte sie.

»Dir geht es bestimmt bald wieder besser.«

»Was würde ich nur ohne euch machen«, sagte sie.

Auf dem Weg zur Ärztin musste ich sie stützen. Und auch wenn meine Mutter nicht viel wog, war ich froh, dass die Praxis in der Nähe war.

Das Wartezimmer war voll, aber die Arzthelferinnen waren nett und ließen meine Mutter vor. Während sie untersucht wurde, machte ich mir zum ersten Mal wirklich Sorgen. Sie blieb länger im Behandlungsraum, und als sie wieder ins Wartezimmer kam, war ich froh, sie zu sehen.

Auf dem Heimweg erzählte sie mir, dass die Ärztin

ihr Blut abgenommen hatte und sie in zwei Tagen wiederkommen sollte. Sie hatte eine Spritze bekommen und konnte fast den ganzen Weg alleine gehen. Zu Hause aß sie sogar etwas Reis, ohne sich zu übergeben. Wir saßen den ganzen Nachmittag gemeinsam im Wohnzimmer vor dem Fernseher und schauten uns eine Dokumentation über Pferde an. Und danach einen Spielfilm.

Aber am nächsten Tag ging es ihr wieder schlechter. Als ich von der Schule nach Hause kam, hörte ich, wie sie sich im Badezimmer übergab. Und als wir am Tag darauf wieder in der Praxis waren, teilte die Ärztin ihr mit, dass ihre Blutwerte sehr beunruhigend seien.

»Ich soll morgen ins Krankenhaus«, sagte sie. »Die Ärztin meint, es ist besser, wenn ich gründlich untersucht werde.«

Meine Beine fingen an zu kribbeln.

»Du brauchst dir keine Sorgen zu machen«, sagte sie und strich mir über den Kopf.

Ich nahm sie in die Arme und musste mich zusammenreißen, um nicht zu weinen.

Als Dennis von der Arbeit kam, packten wir gerade ihre Tasche.

»Was ist hier los?«, fragte er, sah zuerst zu ihr, dann zu mir.

»Ich muss für ein paar Tage ins Krankenhaus. Ist aber alles halb so wild. Die wollen nur sichergehen, dass ich nicht simuliere.«

Sie versuchte ein Lächeln, aber es gelang ihr nicht wirklich.

Wir fuhren mit dem Taxi zum Krankenhaus. Dennis saß vorne neben dem Fahrer, und ich saß mit meiner Mutter auf der Rückbank. Am Anfang versuchte der Fahrer, ein Gespräch mit uns anzufangen, aber er merkte schnell, dass uns nicht danach war. Also schwieg er und schaltete das Radio ein.

Als wir ankamen, meldeten wir uns am Empfang. Eine Schwester gab meiner Mutter ein Klemmbrett und einen Stift. Wir setzten uns, und als meine Mutter den ausgefüllten Fragebogen zurückgab, telefonierte die Schwester kurz. Dann nannte sie meiner Mutter eine Station, bei der sie sich melden sollte.

Dennis hatte sich den Vormittag freigenommen, musste jetzt aber wieder los. Er begleitete uns bis zum Fahrstuhl, dann verabschiedete er sich.

»Falls was ist, meldet euch«, sagte er. »Die Nummer habt ihr ja.«

Er nahm meine Mutter in den Arm. Dann drehte er sich um und ging. Bevor sich die Fahrstuhltür schloss, sah ich noch, wie er durch die automatische Eingangstür ins Freie trat.

Die Schwester auf der Station hatte ein freundliches Gesicht. Sie führte uns zu einem Zimmer, in dem außer dem leeren Bett von meiner Mutter noch ein weiteres stand, in dem ein älterer Mann lag. Er schaute Fernsehen, und als wir hereinkamen, sah er kurz zu uns und grüßte leise.

»Fühlen Sie sich wie zu Hause«, sagte die Schwester und blickte meine Mutter freundlich an. »Später kommt noch ein Arzt vorbei, aber die Untersuchungen fangen erst morgen an. Packen Sie erst einmal aus. Wenn Sie etwas brauchen, können Sie immer klingeln.«

Sie ging hinaus, und meine Mutter setzte sich aufs Bett. Auf dem kleinen Nachttisch standen eine Flasche Mineralwasser, ein Glas und ein Medikamentendosierer. Die Wände waren weiß gestrichen, und die Möbel waren aus hellem Holz. Am Kopfende hing ein Telefon an der Wand, es gab eine kleine Nachttischlampe, und das Bettzeug war sauber und ordentlich gefaltet.

»Ist es okay, wenn ich mich ein wenig ausruhe?«

»Deshalb bist du hier.«

Sie zog ihre Kleider aus, und ich gab ihr ihren Schlafanzug. Und innerhalb von ein paar Minuten war sie eingeschlafen.

Ich öffnete ihre Tasche und begann, die Sachen in den Schrank zu räumen. Dann setzte ich mich auf den Stuhl neben sie. Aber während ich dort saß, wurde ich nervös. Also stand ich auf, ging aus dem Zimmer und suchte nach einer Toilette.

Als ich wieder hereinkam, schlief meine Mutter noch, und auch der alte Mann war eingeschlafen. Im Fernsehen lief ein Western mit Kevin Costner. Und obwohl ich nicht wusste, wann er angefangen hatte, sah ich ihn mir an.

Nachdem der Film zu Ende war, ging ich wieder auf die Toilette, danach fuhr ich mit dem Fahrstuhl ins Erdgeschoss. Vor dem Eingang standen ein paar Patienten im Morgenrock und rauchten, und auf der anderen Seite des Weges gab es einen kleinen Park mit Bänken und einem großen Teich. Die Sonne schien, und es war warm. Zuerst blieb ich vor dem Krankenhaus stehen, dann ging ich zu dem Teich, um nachzusehen, ob es dort Fische gab.

Als ich wieder ins Zimmer kam, war meine Mutter wach. Der Arzt saß neben ihr auf dem Stuhl, und die beiden unterhielten sich.

»Da bist du ja«, sagte meine Mutter.

Der Arzt stand auf und reichte mir die Hand.

»Dann mache ich mich mal wieder an die Arbeit«, sagte er und blickte zu meiner Mutter. »Wir sehen uns morgen Früh.«

»War er nett?«, fragte ich, als der Arzt wieder draußen war.

Sie nickte.

»Wo warst du?«

»Draußen. Es gibt da einen Teich mit Goldfischen.«

»Vielleicht können wir da morgen ein wenig spazieren gehen.«

»Wäre schön«, sagte ich.

Eine Schwester brachte das Abendessen ins Zimmer. Es war eine andere als am Nachmittag, und sie wirkte etwas grimmig.

»Junger Mann, die Besuchszeit ist zu Ende«, sagte sie und sah mich an.

»Er geht gleich«, sagte meine Mutter.

Direkt vor dem Krankenhaus war eine Haltestelle, aber es dauerte, bis der nächste Bus kam. Also entschloss ich mich, zu Fuß zu gehen. Ich brauchte fast eine halbe Stunde, bis ich zu Hause war, und als ich in der Wohnung ankam, war Dennis nicht da. Ich schaltete den Fernseher an und zappte durch die Kanäle, aber es kam nichts, was mich interessierte, und die Wohnung deprimierte mich. Ich schaltete den Fernseher wieder aus, dann nahm ich meine Jacke und ging nach draußen.

Als ich bei der Werkstatt ankam, dämmerte es bereits. Und ich war froh, als ich sah, dass in dem Gebäude noch Licht brannte.

Am nächsten Tag ging ich direkt von der Schule ins Krankenhaus. Aber als ich in das Zimmer kam, war meine Mutter nicht da. Nur der alte Mann lag in seinem Bett. Er sah mich an, und ich glaube, er merkte, dass ich mir Sorgen machte.

»Sie hat gerade ein paar Untersuchungen«, sagte er. »Sie müsste eigentlich jeden Moment da sein.«

Ich setzte mich auf den Stuhl neben dem Bett meiner Mutter.

»Wie heißt du?«, fragte er.

»Alex.«

»Ich bin Walter. Hast du Hunger?« Er deutete auf seinen Nachttisch, auf dem ein Tablett mit einem Teller stand.

Ich schüttelte den Kopf.

»Du kannst wirklich gerne was essen. Ich bin noch satt vom Frühstück. Und ich hab langsam das Gefühl, dass die mich hier mästen wollen.« Er lachte.

Ich war nicht hungrig, aber ich hatte weder am Morgen noch am Vorabend etwas gegessen.

»Was ist es?«, fragte ich.

Er blickte kurz auf das Tablett.

»Fleisch, Erbsen und Kartoffeln. Du kannst es ja zumindest mal probieren.«

Er hielt mir den Teller hin. Ich stand auf, nahm ihn und setzte mich an den kleinen Tisch vor dem Fenster.

»Und Sie wollen wirklich nichts?«

»Wir waren beim Du«, sagte er.

»Stimmt.«

»Wie alt bist du?«

»Vierzehn. Nächsten Monat werde ich fünfzehn.«

»Deine Mutter hat mir erzählt, dass die Schule dir leichtfällt.«

»Ja, ich gehe ganz gerne hin.«

»Das ist gut«, sagte er. »Schule ist wichtig. Als ich so alt war wie du, hab ich schon gearbeitet. Und mit dreißig war mein Rücken kaputt.«

»Wo hast du gearbeitet?«

»Ich war Maurer, aber nach dem zweiten Bandscheibenvorfall musste ich aufhören. Danach habe ich eine Zeit lang in einem Gemüsegroßmarkt gearbeitet, später als Hausmeister.« Er räusperte sich. »Stört es dich, wenn ich den Fernseher einschalte?«

Ich schüttelte den Kopf.

»Gleich kommt *Columbo*«, sagte er. »Seit ich in Rente bin, schaue ich die Serie jeden Tag.«

Ich war gerade mit dem Essen fertig, als meine Mutter zurückkam. Ihre Haut kam mir nicht mehr ganz so gelb vor, aber sie war nach wie vor sehr blass.

»Sollen wir ein bisschen nach draußen gehen?«, fragte sie, nachdem wir uns umarmt hatten.

Ich nickte und half ihr in den Bademantel.

Wir fuhren mit dem Fahrstuhl hinunter, und obwohl es nicht sehr weit bis zu dem Teich war, brauchten wir fast eine Viertelstunde. Wir setzten uns auf eine Bank am Wasser, und ich fragte sie, ob es etwas Neues gab.

»Die Untersuchungen sind noch nicht ganz abgeschlossen. Wie war es in der Schule?«

»Ganz okay.«

»Wie geht es Dennis?«

»Weiß nicht. Als er gestern von der Arbeit nach Hause gekommen ist, habe ich schon geschlafen.«

»Habt ihr noch genug zu essen?«

»Ja.«

»Ihr müsst Obst essen«, sie nahm ihr Portemonnaie aus der Bademanteltasche und hielt mir einen Schein hin. »Kauf ein paar Äpfel und ein Netz Orangen.«

»Mach ich.«

Ich blieb auch an diesem Tag bis zum Abendessen, aber diesmal ging ich vom Krankenhaus direkt zur Werkstatt. Es war warm, und Norman und sein Vater saßen vorm Eingang in der Sonne.

»Wie geht es ihr?«, fragte Norman, als ich mich zu ihnen auf einen Reifenstapel setzte.

»Weiß nicht«, sagte ich. »Sie wird immer dünner.«

»Sie ist im Krankenhaus gut aufgehoben«, sagte Normans Vater und sah mich an. »Es gibt dort sehr gute Ärzte.«

Ich nickte und merkte, wie froh ich war, dass es die beiden gab.

»Wir könnten eine kleine Spritztour machen«, sagte Normans Vater und deutete auf seinen Wagen. »Das Wetter ist einfach zu gut, um zu arbeiten.«

Während er sich umzog, blieben Norman und ich in der Sonne sitzen.

Am nächsten Tag teilten die Ärzte meiner Mutter mit, dass sie auf den Röntgenaufnahmen mehrere Tumore entdeckt hatten. Sie wurde in ein Einzelzimmer auf der Onkologie verlegt, und als sie uns die Nachricht mitteilte, saßen wir zu dritt auf ihrem Bett.

»Heißt das, dass du Krebs hast?«, fragte Dennis.

»Ich schätze, ja.«

»Was heißt ›mehrere Tumore‹?«, fragte ich.

»Die Leber ist befallen, die Milz und die Lunge. Es sieht nicht besonders gut aus.«

»Aber vor ein paar Wochen warst du doch noch gesund«, sagte Dennis und stand auf. Er lief unruhig im Zimmer umher.

»Nein«, sagte sie. »Die Tumore sind schon länger da. Aber man bemerkt sie erst, wenn sie größer werden.«

»Das glaube ich nicht«, sagte Dennis. »Vielleicht haben sie die Röntgenbilder vertauscht.«

Er wurde immer unruhiger, und während ich wie gelähmt auf der Bettkante saß, begann er schließlich zu weinen.

»Setz dich bitte wieder«, sagte meine Mutter mit ihrer ruhigen Stimme. »Es sind noch nicht alle Ergebnisse ausgewertet, und mich zwingt so schnell nichts in die Knie.«

Dennis und ich nahmen sie in die Arme. Wir saßen zu dritt in dem kleinen Zimmer im achten Stock des Krankenhauses. Draußen begann der Sommer, von dem man hier drinnen kaum etwas spürte. Ich dachte an unsere Wohnung, in der ich mich so wohlfühlte, an die Schule und die Arbeit meiner Mutter, und ich fühlte mich, als hätte ich einen riesigen Stein verschluckt.

Als alle Ergebnisse ausgewertet waren, wurde klar, dass es sehr schlecht um sie stand. Einer der Tumore befand sich am Ausgang der Gallenblase, und ohne eine Operation hatte sie kaum Überlebenschancen. Am Tag des Eingriffs hatte ich Angst, dass sie nicht mehr aus der Narkose erwachen würde. Aber als ich ein paar Stunden später an ihrem Bett saß und sie die Augen öffnete, lächelte sie sogar. Dennis saß auf der anderen Seite des Bettes, und jeder von uns hielt eine Hand von ihr. Sie versuchte zu sprechen, aber es gelang ihr nicht, und obwohl sie unter ihrer Decke klein und verletzlich wirkte, hatte ich in diesem Moment Hoffnung.

»Ich habe Angst«, sagte Dennis. »Was ist, wenn sie es nicht schafft?«

»Weiß nicht«, sagte ich. »Aber sie wird es schaffen.«

Wir liefen eine breite Straße entlang, die vom Krankenhaus bist fast zu uns nach Hause führte.

»Denkst du das wirklich?«

Ich nickte, obwohl ich nicht wusste, ob das stimmte.

»Bei uns geht immer alles schief.«

»Wie meinst du das?«

»Alles. Wir ziehen dauernd um, haben nie Geld. Ich dachte, das ändert sich jetzt.«

Ich wollte etwas sagen, aber ich wusste nicht, was, und irgendwie hatte er recht. Wir liefen schweigend nebeneinander her, und alle Leute, die uns entgegenkamen, erschienen uns glücklich.

Als wir fast zu Hause waren, sagte Dennis, dass er noch ins *Krähennest* müsse. Ich wollte nicht, dass er wegging, aber ich sagte es ihm nicht. Wir verabschiedeten uns, und Dennis lief zum Restaurant, und ich in die Werkstatt.

Die Operation war gut verlaufen, und schon ein paar Tage später konnte sie wieder aufstehen. Aber nun stand ihr noch die Chemotherapie bevor. Der Arzt meinte, dass sie gute Chancen habe, wenn die Therapie anschlage. Doch bevor sie damit beginnen könne, müsse sie erst wieder zu Kräften kommen.

Ich ging zu ihr, sooft ich konnte, brachte ihr Obst und Zeitschriften mit, und ungefähr eine Woche nach der Operation gingen wir wieder gemeinsam nach draußen zu dem großen Teich. Inzwischen war es Anfang Juni, es war warm, und manchmal schwammen ein paar Enten auf dem Wasser.

»Ich bin so froh, dass ich euch habe«, sagte meine Mutter und blickte über den Teich hinweg zu ein paar Bäumen. »Es ist viel in meinem Leben anders gelaufen, als ich es mir gewünscht habe, aber ihr habt mich immer glücklich gemacht.«

Sie rückte etwas näher zu mir heran und strich mir

über den Rücken. Ich schloss die Augen, und während wir nebeneinander auf der Bank saßen, musste ich an die Nächte in meiner Kindheit denken, in denen ich ab und an zu ihr ins Bett geklettert war.

Als wir zurück in ihr Zimmer kamen, saßen Rita und Albert an dem kleinen Tisch. Rita stand auf und drückte meine Mutter. Albert wirkte etwas unbeholfen, aber auch er nahm sie in den Arm. Dann setzte sie sich auf ihr Bett, und wir zogen uns Stühle heran. Rita nahm eine in Geschenkpapier eingewickelte Schachtel aus ihrer Tasche und gab sie meiner Mutter.

»Das haben wir dir mitgebracht«, sagte sie.

»Was ist das?«

»Pack es aus«, sagte Albert.

Meine Mutter löste vorsichtig das Geschenkpapier, und ein Discman kam zum Vorschein.

»Danke«, sagte sie.

»Wir dachten, dass du den hier bestimmt gut gebrauchen kannst«, sagte Rita.

»Wir haben dir auch ein paar CDs mitgebracht«, sagte Albert und legte sie auf den Nachttisch. »Die sind von meiner Tochter. Du kannst sie so lange behalten, wie du möchtest.«

»Ich weiß gar nicht, was ich sagen soll.« Meine Mutter blickte immer noch auf den Discman, und als sie den Kopf hob, sah ich, dass sie Tränen in den Augen hatte. Für einen kurzen Moment war es still, und ich spürte einen Kloß in meinem Hals. Aber dann rückte Rita etwas näher zu ihr. Sie legte die Hand auf ihr Knie und sah sie an.

»Du schaffst das«, sagte sie. »Und du bist nicht allein.«

Als die Chemotherapie begann, hatte meine Mutter wieder etwas zugenommen. Sie vertrug die Infusionen besser als erwartet, und als sie nach der Behandlung untersucht wurde, schien es, als hätte die Therapie angeschlagen. Der Tumor in ihrer Lunge war fast verschwunden, und auch die anderen Metastasen hatten sich verkleinert. Sogar die Ärzte waren zuversichtlich, auch wenn sie darauf hinwiesen, dass wir erst noch die nächste Behandlung abwarten müssten.

Eine Woche später durfte sie das Krankenhaus das erste Mal für ein paar Stunden verlassen. Dennis und ich putzten die Wohnung, kauften Tiefkühlkuchen und liehen uns bei Normans Vater einen Wagen, um sie abzuholen.

Als wir im Krankenhaus ankamen, war sie schon angezogen. Sie trug ein Kopftuch, und nach all den Wochen, in denen sie nur Nachthemden angehabt hatte, war es schön, sie wieder in ihren Kleidern zu sehen. Sie war gelöst, und während der Autofahrt hatte ich das Gefühl, dass sie wieder die Alte war.

»Ich hab beschlossen, dass wir uns einen Wagen besorgen, wenn ich das alles hinter mir habe«, sagte sie feierlich.

»Das wäre schön«, sagte Dennis. »Aber das Wichtigste ist jetzt, dass du dich wieder erholst.«

Zu Hause half Dennis ihr die Treppen hoch, und ich ging in die Wohnung und zündete ein paar Kerzen an.

»Wow«, sagte sie, als sie den gedeckten Tisch sah. »Ich wusste gar nicht, dass wir eine Tischdecke haben.«

»Ist ein Betttuch«, sagte ich und grinste. »Setz dich.«

Dennis nahm den Stuhl ihr gegenüber, und ich ging in die Küche und schaltete die Kaffeemaschine an.

»Es ist schön, wieder zu Hause zu sein, auch wenn es nur für ein paar Stunden ist«, sagte sie, als ich wieder zurückkam. »Ich hatte ganz vergessen, wie toll unsere Wohnung ist.«

Nachdem wir Kaffee getrunken hatten, fuhren wir zu einem Park. Wir hatten eine Decke dabei und legten uns auf die Wiese, in den Schatten einer großen Eiche. Der Wind rauschte in den Blättern über uns, und der Himmel war wolkenlos. Wir hatten einen Schreibblock und Würfel mitgebracht, und wir verbrachten den Nachmittag damit, Kniffel zu spielen. Es fühlte sich an wie früher, und zwischendurch vergaß ich sogar, dass sie am Abend wieder ins Krankenhaus musste.

»Vielen Dank für diesen wunderbaren Tag«, sagte meine Mutter, als wir wieder in ihrem Zimmer waren. »Übermorgen fängt die nächste Chemo an, und wenn ich damit durch bin, wiederholen wir das.«

»Machen wir«, sagte ich.

Als wir an diesem Abend wieder zu Hause waren, kam mir die Wohnung leerer vor als sonst. Ich räumte den Tisch ab und spülte das Geschirr, und Dennis ging in sein Zimmer und schaltete den Fernseher ein. Als ich fertig war, ging ich zu ihm, aber er war eingeschlafen. Ich machte den Fernseher aus, dann setzte ich mich auf das Bett meiner Mutter. Es sah noch genauso aus wie an dem Tag, als wir sie ins Krankenhaus gebracht hatten. Ich blickte zu den Bildern auf ihrem Nachttisch, und als ich dort saß, fühlte ich mich zum ersten Mal im Leben wirklich einsam.

Sieben

2006

Als ich ins *Bettys* kam, stand Linda hinterm Tresen, und ein älterer Mann saß vor ihr auf einem Barhocker. Er hatte graue Haare, und als er mich sah, lächelte er.

»Das ist also der Mann mit dem Hund.«

Er hielt mir die Hand hin, und ich schüttelte sie.

»Frank«, sagte er.

»Alex.«

Ich setzte mich auf den Hocker neben ihm, während er dem Hund über den Kopf strich.

»Und wie heißt er?«

»Flint.«

»Ich hatte auch mal einen«, sagte er. »Ist aber schon eine halbe Ewigkeit her.«

»Hallo, Alex«, sagte Linda. »Willst du was trinken?«

»Einen Kaffee.«

»Und ich würde noch so eins nehmen«, sagte Frank und zeigte auf seine Budweiser-Flasche. »Das ist das Gute, wenn man in Rente ist. Man kann immer trinken.«

»Der Laden gefällt mir«, sagte ich und sah mich um. Mein Blick glitt über die Theke, dann zu den Wänden mit den Filmplakaten.

»Das haben wir dieser jungen Dame hier zu verdanken. Ich hab für so was kein Talent.«

»Aber Geld«, sagte Linda und stellte die Getränke vor uns hin.

Frank sah zu ihr und lächelte, dann blickte er wieder zu mir.

»Du bist Mechaniker?«

Ich nickte.

»Das ist ein guter Beruf. Es gibt immer weniger Menschen, die sich mit so was auskennen.«

»Was hast du gemacht?«

»Bin zur See gefahren.« Er nippte an seinem Bier.

»Klingt interessant. Als Kind haben mich Schiffe immer fasziniert.«

»Früher hat das auch Spaß gemacht. Da lag man tagelang im Hafen, aber in den letzten Jahren war das alles die reinste Tortur.«

Er nahm eine Zigarette aus seiner Schachtel. Dann hielt er sie mir hin.

Ich schüttelte den Kopf.

»Vernünftig«, sagte er. »Ich hätte schon längst damit aufhören sollen. Aber ich glaube, mittlerweile bin ich zu alt dafür.«

Wir unterhielten uns eine Zeit lang über Autos, dann erzählte er von seiner Zeit auf See, von all den Häfen, die er gesehen hatte. Von Stürmen und den verschrobenen Typen, denen er begegnet war. Irgendetwas an ihm erinnerte mich an Janssen. Und während er sprach und ich ihm zuhörte, dachte ich darüber nach, was es war, aber ich kam nicht darauf.

Wir saßen eine gute Stunde zusammen, dann verabschiedete er sich.

»Scheint nett zu sein«, sagte ich zu Linda, als er gegangen war.

Sie nickte.

»Wie geht es Marie?«

»Hört gar nicht mehr auf, von dem Hund zu reden.« Sie blickte zu Flint, der neben meinem Hocker auf dem Fußboden lag.

»Dann sollten wir sie vielleicht einmal zusammenführen.«

Wir trafen uns in einem kleinen Park in der Nähe der Werkstatt. Als ich ankam, waren die beiden schon da, und Marie stürzte sich sofort auf Flint. Linda hatte eine Decke mitgebracht, von der wir die beiden beobachteten. Wir saßen nebeneinander und redeten kaum, aber ich fühlte mich wohl, und es war schön, Marie und Flint beim Spielen zuzusehen.

»Ist es für Maries Vater okay, dass ihr euch mit einem wildfremden Typen im Park trefft?«

»Wir sind nicht mehr zusammen.«

»Tut mir leid.«

»Muss es nicht«, sagte Linda. »Er konnte nicht mal abwarten, bis Marie geboren wurde.«

Sie sah zu ihr hinüber.

»Habt ihr noch Kontakt?«

Sie schüttelte den Kopf.

»Ist auch besser so«, sagte sie. »Er hat Marie alles Mögliche versprochen, aber nie etwas gehalten.«

Sie nahm eine Thermoskanne aus ihrer Tasche.

»Willst du einen Kaffee?«

»Du hast ja wirklich an alles gedacht.«

»Wenn man ein Kind hat, fängt man irgendwann an, sich zu organisieren.« Sie lachte und stellte zwei Plastikbecher auf die Decke. Dann öffnete sie die Flasche und füllte unsere Becher auf.

»Ich habe Hunger«, sagte Marie, als wir den Park verließen. Sie sah müde aus, und auch Flint trottete langsam hinter uns her.

»Sollen wir was essen gehen?«, fragte ich. »Ich lade euch ein.«

»Ja, ich will Pommes«, sagte Marie.

Ich sah zu Linda.

»Klar, gute Idee.«

Wir gingen zu einem Burgerladen, in dem ich hin und wieder mit Norman war, und wir setzten uns an einen Tisch vorm Fenster. Marie bestellte sich eine große Portion Pommes, Linda einen Salat, und ich nahm einen Cheeseburger.

»Hast du eigentlich eine Freundin?«, fragte Marie, als wir auf unser Essen warteten.

»Sei nicht so neugierig«, sagte Linda.

»Schon okay«, sagte ich. »Nein.«

»Und warum nicht?«

Linda kniff Marie sachte in den Arm. Marie drehte sich weg, und die beiden lachten. In dem Moment kam unser Essen, und wir wechselten das Thema.

Die Wohnung der beiden lag auf meinem Heimweg,

also brachte ich sie bis zur Tür. Sie wohnten in einem alten Haus in der Nähe des Bettys. Als wir ankamen, wollte Marie sich nicht von Flint verabschieden.

»Wir können ja bald wieder spazieren gehen«, sagte ich.

Marie kniff die Augen zusammen und sah zu mir hoch. »Versprochen?«

Ich nickte. »Versprochen. Aber für heute musst du dich wohl von Flint verabschieden. Okay?«

»Okay«, sagte sie, legte ihre Hand auf seinen Kopf und kraulte ihm ein letztes Mal den Nacken.

Norman ließ Flint immer öfter bei mir. Und damit ich ihn nicht jedes Mal an Deck heben musste, baute ich ihm aus alten Paletten eine Treppe. Ich nahm ihn bei meinen morgendlichen Laufrunden mit, und es dauerte nicht lange, bis er ganz bei mir blieb.

Norman und ich sprachen nicht darüber, aber ich merkte, dass er froh war, sich nicht mehr um ihn kümmern zu müssen, und ich genoss Flints Anwesenheit. Es war schön, nicht alleine zu sein, und wenn ich in den Nächten wach wurde und seinen Atem hörte, schlief ich jedes Mal schnell wieder ein.

Ein paar Tage nach unserer Verabredung ging ich wieder ins Bettys, und als ich zur Tür hereinkam, lächelte Linda mich an.

»Schön, dich zu sehen«, sagte sie. »Einen Kaffee?«

Ich nickte und setzte mich auf einen der Barhocker. Flint legte sich genau an dieselbe Stelle, wo er auch das letzte Mal gelegen hatte.

Es war später Nachmittag, und fast alle Tische waren besetzt.

»Marie ist völlig hin und weg«, sagte Linda.

»Freut mich, dass es ihr gefallen hat«, sagte ich.

Linda stellte die Tasse vor mich hin.

»Ich fand es auch sehr schön«, sie sah mir etwas länger in die Augen als sonst. Ich wurde unsicher, nahm die kleine Kanne und goss etwas Milch in meine Tasse. Als ich wieder zu ihr blickte, sah sie mich immer noch an.

»Frank findet dich übrigens auch sehr nett. Und glaub mir, so was kommt nicht besonders oft vor«, sagte sie, während sie in die kleine Küche ging. Als sie zurückkam, hatte sie einen Rinderknochen in der Hand. Sie kam hinterm Tresen hervor und beugte sich zu Flint.

»Hier, mein Guter«, sagte sie und hielt ihm den Knochen hin. Er wedelte mit dem Schwanz, stand auf und nahm ihn vorsichtig aus ihrer Hand. Dann begann er zu kauen.

Später erzählte mir Linda, dass sie am Wochenende nicht arbeiten musste.

»Es soll warm werden«, sagte sie. »Wir könnten ans Meer fahren.«

»Klingt gut«, sagte ich.

»Ist das ein Ja?«, sie lächelte, und ich nickte.

Als ich bei Linda ankam, war sie schon dabei, den Wagen zu packen, und Marie saß auf der kleinen Treppe vor dem Haus. Es war früh und noch etwas kühl, aber der Himmel war wolkenlos, und in ein, zwei Stunden würde es warm werden.

Mit Lindas Starlet zog sich die Strecke. Es war ziemlich eng in dem Wagen, und ich war froh, als wir ankamen. Linda schien sich in der Gegend gut auszukennen. Sie fuhr über schmale Feldwege, auf denen uns nicht ein einziges Auto entgegenkam, und parkte schließlich auf einer großen Wiese unter ein paar Bäumen. Von dort, wo wir standen, konnte man das Meer nicht sehen, aber ich hörte die Brandung. Und nach einem kurzen Fußweg kamen wir an einer Steilküste an.

Ich war seit meiner Kindheit nur ein einziges Mal am Meer gewesen, und als wir einen kleinen Pfad hinunter zum Strand gingen, holten mich die Erinnerungen ein. Ich konnte Dennis und meine Mutter förmlich spüren. Ich dachte daran, wie wir abends vor dem Zirkuswagen gesessen hatten, und daran, wie wir an den riesigen Glasscheiben vorbei durchs Aquarium gelaufen waren. Und ich fragte mich, ob meine Mutter damals schon etwas von ihrer Krankheit geahnt hatte. Während mir all diese Gedanken durch den Kopf jagten, liefen wir langsam die Küste entlang. Marie rannte Flint hinterher. Die Sonne schien, und es wurde warm. Alle schienen glücklich zu sein, nur ich war in meinen Gefühlen gefangen, die mich langsam überwältigten. Die hellen Krankenhausflure tauchten vor meinem inneren Auge auf, und ich sah meine Mutter, von der Chemo gezeichnet, in ihrem Bett liegen. Mir wurde schwindelig, und ich versuchte, mich auf meinen Atem zu konzentrieren, während wir weiter am Ufer entlangliefen.

»Ist alles in Ordnung mit dir?«, fragte Linda, als wir später im Sand saßen. Sie hatte Essen mitgebracht, das sie vor uns auf einem großen Tuch ausgebreitet hatte.

Ich nickte.

»Bist du dir sicher?«

»Ja, ich bin nur etwas müde.«

Sie sah mich an; zuerst ernst, dann lächelte sie.

»Dann ruh dich doch einfach etwas aus.«

Ich lehnte mich zurück und schloss die Augen. Aber ich wurde nur noch nervöser, und am liebsten wäre ich wieder nach Hause gefahren.

Als wir gegen Abend im Wagen saßen, redeten wir kaum. Marie war in ihrem Kindersitz eingeschlafen, und ich saß schweigend auf dem Beifahrersitz und blickte aus dem Fenster. Die Landschaft erinnerte mich an unseren Ausflug damals zum Zirkuswagen. Felder, Weiden und ab und zu ein paar alte Bauernhäuser. Linda hatte das Radio eingeschaltet, aber als wir in die Stadt fuhren, drehte sie die Lautstärke herunter.

»Hab ich was falsch gemacht?«, fragte sie.

»Nein.«

»Komm schon«, sagte sie. »Irgendetwas stimmt doch nicht.«

Ich hätte ihr gerne alles erzählt – von meinem Bruder, von meiner Mutter und der Zeit im Knast. Aber meine Kehle war wie zugeschnürt, also schwieg ich und schaute weiter aus dem Fenster. Es war schon dunkel, und ich blickte auf die erleuchteten Fenster der Häuser.

Als wir fast bei Linda und Marie zu Hause angekommen waren, fragte sie mich, wo ich hinwolle.

»Du kannst mich hier rauslassen«, sagte ich und zeigte auf die Haltebucht einer Busstation.

Sie lenkte den Wagen an den Straßenrand und schaltete den Warnblinker an. Dann sah sie mich erwartungsvoll an.

»Also, bis dann«, sagte ich und öffnete die Tür.

»Bis dann«, sagte sie.

Ich stieg aus, ging um den Wagen, öffnete den Kofferraum, und Flint sprang auf den Bürgersteig. Und bevor ich den Kofferraum wieder schloss, blickte ich noch einmal zu Marie, die noch immer schlief.

Acht

1997

Nachdem die erste Chemotherapie gut angeschlagen hatte, kehrte der Krebs nach der zweiten Behandlung mit voller Wucht zurück. Meine Mutter verlor wieder an Gewicht, hatte kaum noch Appetit, und die wenigen Lebensmittel, die sie zu sich nahm, behielt sie nur selten bei sich. Wenn ich sie besuchte, schlief sie oft, und wenn sie wach war, war sie meist so müde, dass wir uns nur kurz unterhalten konnten. In meiner Erinnerung schrumpfen diese Gespräche auf wenige Situationen zusammen. Aber diese Momente habe ich auch heute noch klar vor Augen. Und besonders oft denke ich an einen Tag kurz vor ihrem Tod.

Ich saß neben ihr am Bett, die Sonne schien ins Zimmer, und ich hatte das Fenster gekippt. Sie trug kein Kopftuch, und in ihrem zu großen Nachthemd wirkte sie irgendwie verloren, aber sie lächelte, und ihre Augen erinnerten mich an die Frau, die sie einmal gewesen war.

»Ist es warm draußen?«, fragte sie.

Ich nickte.

»Ich würde gerne noch einmal das Meer sehen.«

»Wenn es dir wieder besser geht, fahren wir hin.«

Meine Mutter drückte meine Hand und sah mir tief in die Augen.

»Hör mal, Alex«, sagte sie. »Ich glaube nicht, dass ich es schaffen werde.«

»Wir können ja einen Rollstuhl mitnehmen und …«

»Das meine ich nicht«, unterbrach sie mich. »Ich meine die Krankheit.«

Ich spürte wieder den Kloß im Hals und merkte, wie mir die Tränen kamen.

»Ich glaube nicht, dass mir noch viel Zeit bleibt. Und ich würde mich gerne richtig von euch verabschieden.«

»Ich will das nicht«, sagte ich, während mir die Tränen über die Wangen liefen.

»Ich weiß«, sagte sie. »Ich auch nicht. Aber ich will, dass ihr wisst, dass ich immer sehr stolz auf euch gewesen bin.«

Ich merkte, wie sie schluckte.

»Ihr seid beide schon so erwachsen. Das ist mir erst in den letzten Wochen aufgefallen. Und ich weiß, dass ihr es auch ohne mich schaffen werdet.«

»Bitte gib jetzt nicht auf«, sagte ich, beugte mich zu ihr hinüber und legte meinen Kopf auf ihren Bauch. Sie strich mir sanft durch die Haare. Dann schwiegen wir, und kurz darauf war sie wieder eingeschlafen.

Ich blieb lange bei ihr, und durch das geöffnete Fenster konnte ich das Lachen der Kinder auf dem Spielplatz vor dem Krankenhaus hören. In der Ferne erklang das Tuten eines Schiffes, und ich fragte mich, ob es nicht doch irgendwie möglich war, mit ihr noch einmal ans Meer zu fahren. Aber bei dem Gedanken daran wurde ich müde, und während die Geräusche der Stadt in das Zimmer drangen, schlief ich schließlich ein.

Sie starb wenige Tage später. Ich war zu Hause, und als das Telefon klingelte, wusste ich sofort, dass es das Krankenhaus war. Ich ging nicht ran, aber die Schwester sprach auf den Anrufbeantworter.

Dennis arbeitete, und ich hatte Angst davor, alleine ins Krankenhaus zu gehen. Also blieb ich in der Wohnung, bis er nach Hause kam. Als er mich sah, wusste er sofort, was passiert war. Und er setzte sich zu mir an den Küchentisch. Niemand von uns sagte etwas. Wir umarmten uns, weinten beide, aber wir redeten nicht, und als wir endlich ins Krankenhaus gingen, war es schon Abend.

Als wir ihr Zimmer betraten, lag sie noch immer im Bett. Ihre Augen waren geschlossen, und sie sah friedlich aus, aber ihre Haut wirkte wächsern, und ihr Gesicht war eingefallen. Wir standen lange neben ihr, und für einen Moment hatte ich das Gefühl, dass sich ihr Brustkorb bewegte.

Nach einer Weile kam eine Schwester und sagte, dass wir gehen müssten. Und obwohl ich wusste, dass ich meine Mutter vielleicht zum letzten Mal sah, war ich froh, als wir das Zimmer verlassen hatten.

Am Tag ihrer Beisetzung war gutes Wetter. Sie fand mitten in der Woche statt, und außer Dennis, Norman und seinem Vater, Janssen, Rita und Albert war noch ein Pfarrer da. Er war jung, wirkte unsicher, aber er war nett, und als er uns am Grab sein Beileid aussprach, kam es mir aufrichtig vor.

Als die Beerdigung vorbei war, lief ich mit Dennis nach Hause. Keiner von uns sagte etwas, und als wir an unserem Haus ankamen, kam ich mir fehl am Platz vor.

»Was machen wir jetzt mit ihren Sachen?«, fragte Dennis. Wir standen in ihrem Zimmer, das aussah, als wäre sie gerade eben zur Arbeit gegangen.

»Weiß nicht«, sagte ich und ging zu ihrem Kleiderschrank. Ich öffnete ihn. Sofort hing wieder ihr Geruch im Raum, und ich konnte mir nicht vorstellen, dass ich sie nie wiedersehen sollte.

»Mach den Schrank bitte wieder zu«, sagte Dennis und setzte sich auf den Schreibtischstuhl. Er nahm ein Foto von uns in die Hand, und während er es anschaute, fing er leise an zu weinen. Ich ging zu ihm und umarmte ihn, aber sein Schluchzen wurde immer lauter. Ich drückte ihn fester, und nach einer Weile beruhigte er sich wieder.

Janssen hatte uns mit dem Papierkram und der Beerdigung geholfen. Er und Normans Vater hatten auch die Kosten übernommen. Aber jetzt waren wir so gut wie pleite, und ich wusste nicht, wie wir die Miete zahlen sollten.

»Meinst du, wir können hier wohnen bleiben?«, fragte ich.

Dennis zuckte mit den Schultern, aber er wandte den Blick nicht von dem Foto.

Zwei Tage später bekamen wir Post vom Jugendamt mit der Bitte, dass wir uns dort melden sollten. Aber wir ignorierten den Brief. Dennis war fast die ganze Zeit unterwegs, und wenn er nach Hause kam, war er meistens völlig betrunken. Ich hatte keine Ahnung, wo er sich herumtrieb. Und immer, wenn ich versuchte, mit ihm darüber zu sprechen, wie es weitergehen sollte, begann er zu weinen. Irgendwann traute ich mich nicht mehr, ihn darauf anzusprechen.

Ich war seit dem Tod meiner Mutter nicht mehr in die Schule gegangen. Und auch von Norman zog ich mich immer mehr zurück. Als er einmal an der Tür klingelte, öffnete ich nicht. Auch nicht, als er später mit seinem Vater kam und ich die beiden im Treppenhaus reden hörte.

Ungefähr eine Woche nach dem Tod meiner Mutter stand ein Mann vom Jugendamt vor der Tür. Als ich auch ihm nicht öffnete, kam er am nächsten Tag mit der Polizei wieder. Diesmal ließ ich ihn herein, und nachdem er die Polizisten weggeschickt hatte, sah er sich in der Wohnung um. Er war vielleicht Anfang dreißig, trug eine Jeans und Turnschuhe und sah eigentlich ganz nett aus.

»Wo ist dein Bruder?«, fragte er.

»Weiß nicht. Ich glaube auf der Arbeit.«

»Ich bin da, weil du einen Vormund brauchst. Jemand, der sich um dich kümmert, bis du volljährig bist.«

»Kann das nicht mein Bruder machen?«, fragte ich.

»Habt ihr sonst noch irgendwelche Verwandte?«

Ich schüttelte den Kopf.

»Erst mal werde ich mich um dich kümmern«, sagte er. »Dir eine Wohngruppe suchen, den Umzug organisieren und so weiter.«

»Ich will hier wohnen bleiben«, sagte ich und versuchte, die Tränen zu unterdrücken.

»Ich schätze, das wird nicht klappen«, sagte er. »Aber wir werden ein neues Zuhause für dich finden.«

Als er wieder weg war, ging ich zum *Krähennest*. Aber Bert hatte Dennis schon seit Tagen nicht mehr gesehen.

»Das mit eurer Mutter tut mir leid«, sagte er. »Das ging alles so verdammt schnell.«

Er nahm eine Cola aus dem Kühlschrank, öffnete sie und stellte die Flasche vor mich hin.

»Heute war ein Mann vom Jugendamt bei uns. Ich muss Dennis unbedingt finden.«

»Ich mache mir Sorgen um ihn«, sagte Bert und zündete sich eine Zigarette an. »Er hat zwei Flaschen Whisky mitgenommen und auch etwas Geld aus der Kasse. Wenn du ihn siehst, sag ihm, dass ich nicht sauer auf ihn bin.«

»Mach ich«, sagte ich.

»Ich muss in die Küche, mich um das Essen kümmern. Wenn er hier auftaucht, sage ich ihm, dass du da warst.«

»Danke.«

»Kein Problem. Bleib ruhig, solange du willst«, sagte er und ging in die Küche.

Ich trank die Cola aus, dann verabschiedete ich mich und ging nach draußen.

Ich hatte keine Ahnung, wo ich noch nach Dennis suchen sollte. Ich lief die Gegend rund um unsere Wohnung ab, aber ich wusste, dass ich ihn nicht finden würde. Irgendwann ging ich nach Hause, packte meine Sachen in einen alten Wanderrucksack, nahm meinen Schlafsack und verließ die Wohnung.

Die Nacht verbrachte ich hinter einem Supermarkt neben einer Papierpresse. Es dauerte lange, bis ich einschlief, und schon eine Stunde später wachte ich wieder auf. Die Kühlaggregate des Supermarktes brummten laut. Mein Rücken tat mir weh, ich war hungrig, und mir wurde bewusst, dass ich kaum noch Geld hatte. Ich ging zurück zu unserer Wohnung, um nachzusehen, ob Dennis da war. Aber als ich dort ankam, war er immer noch verschwunden.

Ich kochte mir Nudeln, dann legte ich mich ins Bett und versuchte zu schlafen, doch ich bekam Angst, dass der Typ vom Jugendamt wieder auftauchen würde. Also stand ich auf und packte alle Nahrungsmittel ein, die ich finden konnte. Es gab nur noch ein paar Konserven mit Bohnen, Erbsen und eine Dose Ravioli. Die Nudeln ließ ich da, weil ich sie sowieso nicht kochen konnte. Nachdem ich alles eingepackt hatte, überlegte ich, was mir sonst noch nützlich sein konnte. Ich steckte ein Taschenmesser ein, eine Rolle Klebeband und Abdeckfolie, die noch vom Streichen übrig war. Ich wusste nicht, ob ich die Sachen wirklich brauchen würde, aber ich nahm sie trotzdem mit.

Ich hatte keine Ahnung, wo ich hinsollte, und lief den Tag über ziellos durch die Gegend. Ich schaute auch wieder im *Krähennest* vorbei, aber dort war Dennis auch nicht aufgetaucht.

Gegen Nachmittag ging ich zu einem Park in der Nähe der Elbe. Ich saß auf der Wiese neben meinem Rucksack, und nach einer Weile kam ein Typ auf mich zu. Sein Alter war schwer zu schätzen, und obwohl es sehr warm war, trug er einen dicken Mantel.

»Hallo, Junge«, sagte er und setzte sich neben mich.

»Hallo«, sagte ich.

»Sag mal, hast du zufällig eine Orange für mich?«

»Nein.«

»Scheiße«, sagte er. »Ich muss jeden Tag eine Orange essen. Das ist wichtig, haben die mir gesagt.«

»Wer?«

»Darüber darf ich nicht sprechen.«

Er wirkte verzweifelt, und eigentlich sah er harmlos aus. Aber irgendwie hatte ich Angst vor ihm.

»Ich wollte gerade los«, sagte ich und stand auf.

»Okay«, sagte er. »Denk immer daran, dass Orangen wichtig sind. Aber erzähl es nicht weiter.«

»Mach ich«, sagte ich.

»Ich esse jeden Tag eine Orange.«

»Also, bis dann«, sagte ich. »Ich drücke dir die Daumen.«

»Danke, Junge.«

Als ich ging, drehte ich mich noch einmal um, um zu sehen, ob er mir folgte. Aber er saß schon bei einer Frau und beachtete mich nicht mehr.

Auch diese Nacht verbrachte ich hinter dem Supermarkt. Diesmal schlief ich besser, und zum Frühstück aß ich eine Dose Erbsen. Ich blieb auf der Laderampe sitzen, und als der Supermarkt öffnete, bemerkte mich eine der Verkäuferinnen. Ich dachte, dass sie mich wegschicken werde, aber das tat sie nicht. Stattdessen kam sie zu mir und blickte zu meinen Sachen.

»Hast du hier geschlafen?«

Ich nickte.

»Bist du von zu Hause weggelaufen?«

Ich wusste nicht, was ich sagen sollte, also gab ich ihr keine Antwort.

»Ist schon okay«, sagte sie und lächelte. »Ich muss wieder rein, aber du kannst gerne noch hierbleiben.«

»Danke.«

»Kein Problem.«

Sie ging hinein, aber kurz darauf kam sie wieder zu mir und gab mir eine Packung Kuchen, Brot und zwei Saftflaschen. Der Parkplatz füllte sich allmählich, und ich beobachtete die Leute, die mit leeren Einkaufswagen in den Markt gingen und später ihre vollgepackten Taschen in ihre Autos luden. Irgendwann entdeckte ich die Mutter eines Mitschülers, und ich fragte mich, ob sie mich in der Schule vermissen würden.

Gegen halb neun machte ich mich auf den Weg zu unserer Wohnung, und als ich in die Straße einbog, sah ich, dass ein Streifenwagen vor unserem Haus stand. Den Mann vom Jugendamt konnte ich nicht sehen, und obwohl ich mir nicht sicher war, ob die Polizisten wegen mir da waren, drehte ich um.

Ich hatte keine Ahnung, wie es weitergehen sollte. Ich wollte nicht in einer Wohngruppe leben, und mir blieb nur noch sehr wenig Geld und kaum noch was zu essen. Mir fiel die Münzsammlung meines Großvaters ein. Ich ärgerte mich, dass ich sie nicht mitgenommen hatte. Kurz dachte ich darüber nach, zu Norman und seinem Vater zu gehen, aber ich hatte Angst, dass sie auch dort nach mir suchen würden. Carmen war zu ihrer Schwester gefahren, und wo Janssen wohnte, wusste ich nicht.

Ich ging in die Innenstadt und kaufte von meinem letzten Geld Fertiggerichte, Brot und Schokolade. Dann setzte ich mich auf eine Bank und überlegte, wo ich hinkönnte.

Während ich dort saß, fiel mir ein alter Mann auf, der vor einem Geschäft auf einer Decke saß und Gitarre spielte. Obwohl er ganz dünn war und auf dem Boden hockte, wirkte er nicht unglücklich, und irgendwie machte mir das Mut. Als er mich bemerkte, sah er mich freundlich an. Ich hörte ihm eine Weile zu, dann stand ich auf und ging zum Bahnhof.

Es dauerte nicht lange, bis ich einen Zug fand, und ich stieg ein und setzte mich in ein Abteil direkt neben der Toilette. Als die Bahn losfuhr, versuchte ich, herauszufinden, wo der Schaffner war, aber ich sah ihn nicht. Und obwohl er auch in der nächsten halben Stunde nicht auftauchte, schloss ich mich vorsichtshalber in der Toilette ein.

Als ich ausstieg, war es schon Abend. Ich kannte mich in der Gegend nicht aus und lief über eine Stunde lang orientierungslos durch die Straßen. Es war erst kurz vor sieben, trotzdem hatten die meisten Geschäfte schon geschlossen. Selbst in der Fußgängerzone waren wenige Menschen unterwegs. Als ich an einer Telefonzelle vorbeikam, versuchte ich, Dennis in unserer Wohnung zu erreichen, aber er nahm nicht ab. In einem der Telefonbücher fand ich eine Karte, und als ich schließlich an dem kleinen Hafen ankam, wusste ich, wo ich langlaufen musste.

Der Weg führte direkt am Meer entlang, und er kam mir länger vor als beim letzten Mal. Ich dachte an den Spaziergang mit Dennis. An unser Gespräch und daran, wie wir zusammen an dem kleinen Anleger gesessen hatten.

Als ich bei dem Zirkuswagen war, wurde es schon dunkel. Der weiße Anstrich schien in der Dämmerung zu leuchten. Ich nahm den Ersatzschlüssel aus dem Versteck neben dem Brennholzstapel und schloss die Tür auf. Alles sah noch genauso aus wie an dem Tag, an dem wir abgereist waren. Während ich in dem Zirkuswagen hin und her lief, musste ich wieder heulen. Ich dachte an meine Mutter, die jetzt in einer Holzkiste unter der Erde lag. Und ich steigerte mich in die Vorstellung hinein, dass irgendwelche Maden an ihr nagten. Meine Gedanken wirbelten durch meinen Kopf, und ich begann zu hyperventilieren. Dann wurde ich plötzlich wieder ganz ruhig. Draußen war es mittlerweile dunkel. Ich hatte kein Licht eingeschaltet, und der Mond schien zu mir herein. Eine ganze Zeit saß ich einfach so auf dem Bett und lauschte dem Knacken der Wandverkleidung. Dann lehnte ich mich zurück und schloss die Augen.

Als ich am nächsten Tag wach wurde, war es schon fast Mittag. Ich stand auf und aß etwas Brot. Dann sah ich nach, was sonst noch an Lebensmitteln da war. In den Schränken fand ich ein paar Wurstkonserven, drei Liter H-Milch, eine angebrochene Packung Cornflakes, ein Kilo Mehl und zwei Dosen Thunfisch. Zusammen mit den Sachen, die ich mitgebracht hatte, würde ich damit sicher eine Weile über die Runden kommen. Außerdem hatte ich ein paar Angelruten und einen Koffer mit Ködern, Haken und anderem Zubehör entdeckt. Ich hatte zwar noch nie eine Angel in der Hand gehalten, aber ich hatte ein paar Berichte darüber im Fernsehen gesehen, und ich wusste zumindest theoretisch, wie man einen Fisch tötete und ausnahm.

Nachdem ich die Lebensmittel wieder in den Schränken verstaut hatte, nahm ich eine Angel und die Kiste und machte mich auf den Weg.

Ich ging in die Richtung, aus der ich am Tag zuvor gekommen war, und machte an einer Hafenmauer halt, an der noch ein paar andere Angler standen. Zuerst sah ich ihnen eine Weile zu, dann schaute ich, was alles in dem Koffer war. Es gab verschiedene Angelhaken und kleine Fische aus Plastik und Gummi. Manche schimmerten und glitzerten, andere waren ganz bunt. Da ich nicht wusste, welcher Köder der richtige war, nahm ich einen der kleinen Gummifische und knotete ihn ans Ende der Schnur. Dann sah ich mir an, wie die anderen Angler ihren Ruten auswarfen. Es sah sehr einfach aus, aber meine ersten Versuche scheiterten, und es dauerte fast eine halbe Stunde, bis ich den Gummifisch mit dem Haken einigermaßen weit ins Wasser bekam.

Ich stand mit der Angel am Ufer und wartete gespannt, ob sich etwas tat. Aber obwohl die anderen Angler immer wieder Fische aus dem Wasser zogen, passierte bei mir gar nichts. Ich versuchte es mit anderen Ködern, aber das half nicht. Und als ich mich fast vier Stunden später wieder auf den Weg machte, war ich völlig frustriert.

Im Zirkuswagen machte ich eine Dose Thunfisch auf und aß ihn mit dem restlichen Brot. Aber als ich später abspülte, bekam ich ein schlechtes Gewissen, dass ich die ganze Dose auf einmal gegessen hatte, und nahm mir vor, am nächsten Tag weniger zu essen.

Später, als ich im Bett lag, bekam ich plötzlich panische Angst, dass mich jemand hier finden könnte. Ich bildete mir ein, Geräusche zu hören, wälzte mich hin und her, und irgendwann stand ich auf, öffnete vorsichtig die Tür und blickte nach draußen. Aber außer der Brandung war nichts zu hören. Ich setzte mich auf die Bank auf der Veranda, und nach einer Weile wurde ich müde. Und als ich diesmal ins Bett ging, schlief ich sofort ein.

Mitten in der Nacht wurde ich von einem Geräusch geweckt. Ich sprang auf und griff nach meiner Hose, aber bevor ich sie anziehen konnte, hörte ich, wie sich die Tür öffnete. Ich schaffte es gerade noch, mich neben dem Schrank zu verstecken; dann ging auch schon das Licht in der Küche an.

Mein Herz raste, als ich Schritte hörte, die sich langsam näherten. Und kurz fragte ich mich, ob ich noch eine Chance hätte, das Fenster zu erreichen. Doch dann verstummten die Schritte plötzlich.

Die Person konnte höchstens noch ein oder zwei Meter von mir entfernt sein. Ich konnte sie atmen hören.

»Alex … bist du hier? Du brauchst keine Angst zu haben … ich bin es, Janssen.«

Ich war erleichtert, aber ich war so aufgeregt, dass ich kein Wort herausbekam, und als er durch die Tür trat und mich sah, rutschte ich an der Wand hinunter auf den Fußboden.

Ich schaffte es nicht, ihm in die Augen zu sehen.

»Tut mir leid, dass ich hier eingebrochen bin«, sagte ich.

»Du kannst dir nicht vorstellen, wie froh ich bin, dich hier zu finden.« Er kam langsam auf mich zu und beugte sich zu mir herunter.

»Es war das Beste, was du tun konntest«, sagte er und legte seine Hand auf meine Schulter.

Ich drehte mich zu ihm, und als ich ihm in die Augen sah, musste ich mich zusammenreißen, um nicht zu weinen.

»Du bist nicht sauer auf mich?«

Er lächelte und schüttelte langsam den Kopf.

»Nein, natürlich nicht«, sagte er. »Bist du hungrig?«

Ich nickte.

»Dann zieh dir was an, und komm zu mir rüber.«

Als ich in die Küche kam, war er dabei, Rühreier zu machen. Es roch nach Kaffee, und auf dem Tisch lag eine Packung Weißbrot, daneben standen ein Glas Marmelade und eine Flasche mit Kakao.

»Setz dich. Ich bin hier gleich fertig«, sagte er, während er mit einem großen Holzlöffel in der Pfanne rührte.

»Wie viel Uhr ist es?«, fragte ich und blickte aus dem Fenster. Es war noch dunkel, aber am Himmel zeichnete sich ein roter Streifen ab.

»Kurz nach vier.« Er kam mit der Pfanne an den Tisch und teilte die Eier auf unseren Tellern auf. Dann setzte er sich, und wir begannen zu essen.

»Wie hast du mich hier gefunden?«

»Ich habe überlegt, was ich an deiner Stelle machen würde.«

»Suchen die mich noch?«

Er nickte.

»Ich will nicht in eine Wohngruppe.«

»Verstehe ich, aber weglaufen ist trotzdem nicht sehr hilfreich.«

»Kann ich hierbleiben?«

»Ich denke, das wird nicht klappen«, sagte er und sah mich an. »Aber ich verspreche dir, dass wir eine Lösung finden werden.«

»Denkst du das wirklich?«

»Ja.«

»Ist Dennis wieder aufgetaucht?«

Janssen nickte. »Aber er hat Ärger mit der Polizei. Sie haben ihn dabei erwischt, wie er betrunken versucht hat, ein Auto aufzubrechen.«

»Meinst du, er muss ins Gefängnis?«

»Nein, dafür muss schon etwas mehr passieren«, sagte er und lächelte.

»Seit Mama tot ist, hat er sich ziemlich verändert.«

»Geht er noch zur Arbeit?«

Ich schüttelte den Kopf.

Janssen sah nachdenklich aus. Er trank einen Schluck von seinem Kaffee, dann sah er zu den Angelruten, die neben dem Fenster an der Wand lehnten.

»Warst du damit unterwegs?«

»Ja«, sagte ich. »Aber ich war nicht besonders erfolgreich.«

»Hast du vorher schon einmal geangelt?«

Ich schüttelte den Kopf.

»Wenn du willst, können wir später mit dem Boot rausfahren«, sagte er. »Auf einen Tag mehr oder weniger kommt es jetzt auch nicht an.«

Nachdem wir gegessen hatten, spülten wir gemeinsam das Geschirr. Im Radio lief ein Song von Bob Dylan, und draußen wurde es langsam hell. Obwohl mich die Musik an meine Mutter erinnerte, ging es mir ganz okay. Ich hatte immer noch keine Ahnung, wie es weitergehen sollte, und ich machte mir Sorgen um Dennis, aber ich war trotzdem das erste Mal zuversichtlich.

Als wir fertig waren, packten wir die Angelsachen in Janssens Wagen. Er fuhr einen alten Range Rover mit abgewetzten Sitzen, an dem alles klapperte. Im Fußraum lag überall Werkzeug herum, das Radio fehlte, und die

Frontscheibe hatte einen Sprung. Als er merkte, wie ich mich im Inneren des Wagens umsah, grinste er.

»Ist kein Straßenkreuzer«, er lachte. »Aber seit ich den Wagen 76 gekauft habe, hat er mich nicht ein einziges Mal im Stich gelassen.«

Er fuhr mit der Hand über das Lenkrad.

»Solche Autos werden heute gar nicht mehr gebaut.«

Wir erreichten den kleinen Hafen und fuhren eine Zeit lang am Wasser entlang. Dann lenkte Janssen den Wagen auf das Gelände einer alten Werft und parkte vor einem flachen Ziegelbau.

»Bin gleich wieder da«, sagte er und stieg aus.

Er verschwand in dem Gebäude, aber es dauerte nicht lange, bis er wieder herauskam, und als er sich in den Wagen setzte, hatte er einen Schlüssel in der Hand.

»Kann losgehen«, er hielt mir den Schlüssel hin. Ich nahm ihn, und er startete den Wagen und setzte zurück.

Das Boot lag nicht weit entfernt an einem hölzernen Steg. Es war dunkelbau lackiert, und der Außenborder war mit einem großen Vorhängeschloss am Rumpf befestigt.

Wir luden die Angelsachen aus und trugen sie über den Steg zum Boot, dann warf Janssen den Motor an, und wir fuhren los.

Die Ostsee war ruhig, es gab kaum Wellen, und es war das erste Mal, dass ich in einem Schiff saß. Am Anfang wurde mir etwas schlecht, aber nach ein paar Minuten gewöhnte ich mich an das Schaukeln, und ich sah zum Ufer zurück, das sich immer weiter entfernte.

Obwohl es noch sehr früh war, hatte die Sonne schon Kraft, und der kühle Fahrtwind war angenehm.

Nachdem wir eine Weile gefahren waren, schaltete Janssen den Motor aus. Er nahm eine der beiden Angelruten und befestigte einen blauen Plastikköder daran, dann hielt er sie mir hin und stattete auch seine Rute mit einem Köder aus.

»Fischen ist eine Wissenschaft für sich«, sagte er. »Es gibt tausend verschiedene Köder, Bücher, Filme, aber ich hab alles von meinem Vater gelernt.«

Er blickte über das Wasser.

»Und im Endeffekt musst du dich auf dein Gefühl verlassen.«

Er zeigte mir, wie man die Angel auswarf, worauf man achten musste, wenn man sie wieder einholte, und er erklärte mir, dass man den Köder in Bewegung halten musste.

Nach ein paar Minuten hatte Janssen den ersten Fisch am Haken. Es war ein Dorsch, und es faszinierte mich, wie routiniert er ihn an Deck holte und vom Haken löste.

Auch ich hatte kurz darauf meinen ersten Biss.

»Du bist ein echter Glückspilz«, sagte Janssen, als der Fisch an der Oberfläche erschien. »Weißt du, was du da gefangen hast?«

»Nein«, sagte ich, während ich mich damit abmühte, die Angel ruhig zu halten.

»Eine Meerforelle. Und das am ersten Tag.«

Am Anfang zog der Fisch sehr stark, aber er wurde immer ruhiger, und als er kaum noch zappelte, half

Janssen mir, ihn aus dem Wasser zu ziehen. Er war schwerer, als ich gedacht hatte, glänzte im Sonnenlicht und hatte am ganzen Körper dunkle Punkte.

Er war wunderschön.

»Können wir ihn wieder freilassen?«, fragte ich.

»Klar«, sagte Janssen. »Ist dein Fisch.«

Während ich ihn festhielt, löste Janssen den Haken. Ich sah mir die Forelle noch einmal an, dann warf ich sie zurück ins Wasser.

Auf dem Rückweg fuhren wir an einem Supermarkt vorbei und kauften Kartoffeln und Getränke ein. Wir kochten gemeinsam, und als wir nach dem Essen vor dem Zirkuswagen auf der Veranda saßen, erzählte mir Janssen von seiner Frau.

»Ich weiß, wie du dich fühlst«, sagte er. »Als Emma gestorben ist, bin ich fast verrückt geworden. Ich bin nicht mehr zur Arbeit gegangen, hab fast die ganze Zeit geschlafen, und wenn ich wach war, habe ich getrunken.«

Er hielt kurz inne und sah zu mir herüber.

»Ich weiß nicht, ob ich heute noch hier sitzen würde, wenn Normans Vater nicht gewesen wäre.«

»Was war mit deiner Frau?«

»Leukämie.«

»Tut mir leid.«

»Ist lange her«, sagte er und nahm einen Schluck von seinem Bier.

»Was ich sagen will, ist, dass es besser wird. Es dauert, und der Schmerz wird niemals ganz aufhören, aber es wird besser.«

»Ich weiß gar nicht mehr, wie meine Mutter ausgesehen hat«, sagte ich. »Vor der Krankheit, meine ich.«

»Auch die guten Erinnerungen werden wiederkommen. Das Wichtigste ist, dass du weitermachst.«

Wir saßen auf der Veranda, bis es dunkel wurde. Wir redeten nicht mehr über meine Mutter oder seine Frau, aber als wir schließlich ins Bett gingen, war ich voller Hoffnung.

Neun

2006

Nachdem mich Linda an der Bushaltestelle abgesetzt hatte, lief ich eine Zeit lang durch die Straßen. Zwei- oder dreimal war ich kurz davor, nach Hause zu gehen, aber ich war unruhig und wusste, dass ich sowieso nicht schlafen könnte.

Ich kam an unserem alten Haus vorbei, an der Stelle, wo früher das Kino gewesen war, dann ging ich zum Friedhof. Obwohl es schon spät war, war das Tor nicht verschlossen, und außer mir schien niemand hier zu sein. In der Dunkelheit dauerte es, bis ich das Grab meiner Mutter fand. Es lag im hinteren Teil des Friedhofs und wurde nur schwach von einer Laterne erhellt. Carmen hatte sich auch um dieses Grab gekümmert, und es wirkte fast, als würden die weißen Blumen, die sie gepflanzt hatte, leuchten. Im Gegensatz zu Dennis hatte meine Mutter einen Grabstein; Janssen hatte sich damals darum gekümmert. Er war aus gelbem Sandstein gearbeitet, und neben einem kleinen eingemeißelten Kreuz stand *Helen Hofmann 1960–1997.*

In der ersten Zeit nach ihrem Tod hatte mir dieser Ort kaum etwas bedeutet, aber später, als Dennis im Krankenhaus gelegen hatte, war ich immer öfter gekommen. Ich hatte ihr von meinen Sorgen erzählt, und auch jetzt hatte ich das Gefühl, dass ich ihr irgendwie nahe war. Und während ich dort am Grab stand, blickte der Hund zu mir hoch, und der Wind raschelte in den Bäumen.

So gut wie alle Menschen, die mir etwas bedeutet hatten, waren in den letzten Jahren gestorben, und manchmal dachte ich, dass ein Fluch auf mir lastete, obwohl ich eigentlich nicht an so etwas glaubte. Ich setzte mich auf den schmalen Pfad, der an den Gräbern entlangführte, und Flint kam zu mir, drückte sich an mich und wedelte mit dem Schwanz.

Ich hatte nicht vorgehabt, ins *Mayday* zu gehen, ich kam zufällig dort vorbei, aber als ich die Leuchtreklame in der Dunkelheit sah, dachte ich, dass mir etwas Gesellschaft sicher nicht schaden konnte. Drinnen lief Musik, zwei Typen spielten Billard, und fast alle Tische waren besetzt. Aber am Tresen waren noch ein paar Plätze frei.

Ich bestellte mir ein Bier und einen Wodka. Und als ich den Wodka geleert hatte, noch einen. Da ich in der letzten Zeit kaum etwas getrunken hatte, dauerte es nicht lange, bis ich den Alkohol spürte. Ich saß eine ganze Zeit einfach so am Tresen, beobachtete den Barkeeper und hörte der Musik zu.

Irgendwann ging ich auf die Toilette, und als ich zurückkam, saß eine Frau auf dem Hocker neben mir. Sie war alleine da, und ich spürte, dass sie zu mir herübersah.

»Bist du nicht Dennis' Bruder?«, fragte sie nach einer Weile.

Ich drehte mich zu ihr um und blickte sie an. Sie war in meinem Alter, vielleicht etwas jünger, trug ein schwarzes T-Shirt und hatte dunkle Haare.

Ich nickte.

»Ich bin Sarah.«

»Alex.«

»Ich weiß«, sagte sie. »Dennis hat immer von dir erzählt. Dass du in einer Autowerkstatt arbeitest und der beste Bruder bist, den man sich vorstellen kann.«

»Woher kanntest du ihn?«

»Vor hier«, sie machte eine kurze Pause. »Na ja, es ist ein paarmal was zwischen uns gelaufen. Nichts Ernstes.«

Sie nahm eine Zigarettenschachtel aus ihrer Tasche und hielt sie mir hin. Ich schüttelte den Kopf, und sie zündete sich eine an. Dann legte sie die Schachtel auf den Tresen.

»Er war ein guter Kerl. Ich mochte ihn. Aber er war sehr sprunghaft … und … sehr sensibel.«

Sie lächelte.

»Kann ich doch eine haben?«, fragte ich und deutete auf die Zigarettenschachtel.

»Klar.« Sie schob sie zu mir herüber.

Ich nahm mir eine, und sie gab mir Feuer.

»Ich bin damals nicht zur Beerdigung. Das hat mich alles zu sehr mitgenommen.« Sie zog an ihrer Zigarette. »In der ersten Zeit nach seinem Tod dachte ich immer, dass er irgendwann einfach wieder hier reinkommt, sich an den Tresen lehnt und einen Rum-Cola bestellt.«

Ich verstand, was sie meinte, mir ging es heute noch manchmal so.

»Arbeitest du noch in der Werkstatt?«

Ich nickte.

»Dennis meinte immer, dass du der zuverlässigste Mensch bist, den er kannte«, sagte sie. »Ich habe keine Geschwister. Und ich habe ihn immer beneidet.«

Ihre Worte versetzten mir einen Stich. Ich trank einen Schluck Bier und sah zu ihr hinüber. Sie blickte auf ihr Glas, das vor ihr auf der Theke stand. Dann schob sie es langsam hin und her.

»Wir sollten auf ihn trinken«, sagte sie, beugte sich zu dem Barkeeper und bestellte zwei Cuba Libre.

»Also, auf Dennis«, sagte sie, als die Getränke vor uns standen. Sie hob ihr Glas, und wir sahen uns in die Augen.

»Auf Dennis. Dass es ihm gut geht, wo immer er jetzt ist.«

Obwohl ich Sarah noch nie gesehen hatte, fühlte es sich an, als würden wir uns schon lange kennen. Nachdem wir unsere Gläser geleert hatten, bestellten wir zwei weitere. Ich rauchte eine Zigarette nach der anderen, bis die Packung leer war, dann kaufte ich eine neue.

Ich weiß nicht, wie lange wir dort saßen, denn meine Erinnerungen an den Abend reißen irgendwann ab.

Ich wachte in der Morgendämmerung davon auf, dass Flint mir über das Gesicht leckte. Ich lag nackt neben Sarah, in einer Wohnung, die ich nicht kannte. Ich hatte höllische Kopfschmerzen, und meine Lunge brannte.

Sarah schlief tief und fest, und weil ich Angst hatte,

dass sie aufwachte, suchte ich leise meine Sachen zusammen, zog mich an und ging.

Als ich die Wohnung verließ, war ich immer noch betrunken und gleichzeitig schon so verkatert, dass ich mich nur mit Mühe auf den Beinen halten konnte. Sarah wohnte nicht weit von der Werkstatt entfernt, aber ich brauchte ewig für den Weg. Alle Leute, die mir entgegenkamen, schauten mich seltsam an, und ich war froh, dass es noch früh war und ich nur wenigen Menschen begegnete.

Es war Sonntag, aber als ich bei der Werkstatt ankam, war das große Rolltor geöffnet, und ich konnte sehen, dass ein Wagen auf der Hebebühne stand. Am liebsten wäre ich einfach ins Bett gegangen, doch als ich beim Eingang vorbeikam, hatte Norman mich schon bemerkt. Er saß mit einer Kaffeetasse und einer Zeitung an dem kleinen Tisch und sah zu mir herüber.

»Morgen«, sagte ich und betrat die Werkstatt.

»Wo kommst du denn jetzt her?«, fragte er.

»*Mayday.*«

»Haben die so lange auf?«

Ich gab ihm keine Antwort und versuchte, mich zu setzen, aber ich stolperte und musste mich am Tisch abstützen, um nicht umzufallen.

»Willst du einen Kaffee?«

»Weiß nicht«, sagte ich. »Was machst du hier?«

Norman blickte zu dem Ford auf der Hebebühne.

»Der muss morgen zum TÜV. Willst du wirklich keinen Kaffee?«

»Ich glaube, ich gehe lieber ins Bett.«

»Mach das mal«, sagte er. »Du siehst echt fertig aus.«

Ich nickte.

»Also, bis später.«

»Schlaf gut«, sagte Norman, und ich ging Richtung Segelboot.

Unter Deck gab ich Flint etwas zu fressen, dann legte ich mich ins Bett. Ich schlief sofort ein, und als ich Stunden später wieder aufwachte, ging es mir etwas besser. Meine Kopfschmerzen hatten nachgelassen, und mir war kaum noch übel. Während ich geschlafen hatte, war der Hund zu mir ins Bett gehüpft, und ich spürte seine Wärme durch den Stoff des Schlafsacks. Als er merkte, dass ich wach war, fing er an, mit dem Schwanz zu wedeln. Ich streichelte ihm über den Kopf. Nach einer Weile stand ich auf und trank fast eine ganze Flasche Mineralwasser, dann kochte ich mir etwas Reis.

Nachdem ich gegessen hatte, stellte ich das Geschirr in die kleine Spüle, zog mich an und suchte meine Duschsachen zusammen. Dann ging ich an Deck und über die selbst gebaute Treppe hinunter auf den Hof. Das Rolltor war geschlossen, und Normans Wagen war nirgends zu sehen. Ich schloss die Werkstatt auf, ging in den kleinen Umkleideraum, zog mich aus und stellte mich unter die Dusche.

Als ich fertig war, ging ich zu dem Park, in dem ich mich vor ein paar Tagen mit Linda und Marie getroffen hatte, und während ich Flint einen Ball warf, musste ich an die beiden denken. Ich hatte mich Linda gegenüber völlig beschissen verhalten. Und ich wusste, dass ich mich bei ihr entschuldigen musste. Kurz dachte ich darüber nach, im Bettys vorbeizugehen, aber ich wusste nicht, was ich Linda sagen sollte, also verwarf ich den Gedanken wieder. Auf dem Rückweg machte ich bei der Tankstelle halt und kaufte eine Flasche Cola, eine Tüte Chips und Hundekuchen für Flint.

Im Boot schaltete ich den kleinen Fernseher an, der unter der Decke an der Wand hing. Und obwohl er schon alt war, brachte ich ihn zum Laufen. Die Farben waren etwas blass, aber das Bild war gestochen scharf. Ich zappte durch die Kanäle, bis ich bei einem Film hängen blieb, in dem Johnny Depp einen Piraten spielte, der versuchte, sein Schiff zurückzuerobern. Als er zu Ende war, schaute ich mir eine Dokumentation über Berufstaucher an und danach eine Sendung über einen Mann, der ein Lawinenunglück überlebt hatte.

Am nächsten Morgen kümmerte ich mich um einen Minivan, bei dem die Klimaanlage kaputt war, und Norman brachte den Ford zum TÜV. Als er wieder zurückkam, war es schon gegen Mittag, also fuhren wir zu einer kleinen Pizzeria. Wir setzten uns an einen Tisch, der vor dem Restaurant stand. Norman bestellte einen Auflauf, und ich Spaghetti.

»Was ist eigentlich mit dem Zirkuswagen?«, fragte ich, während wir auf das Essen warteten.

»Was soll damit sein?«

»Gibt es ihn noch?«

»Ja. Janssen hat mir das Grundstück vor zwei Jahren

überschrieben. Er meinte, dass ich es verkaufen soll, aber ich hab es nicht übers Herz gebracht.«

»Warst du seitdem noch mal da?«

»Nein, das letzte Mal ist bestimmt vier oder fünf Jahre her.«

Ich dachte an den Abend, an dem mir Janssen von seiner Frau erzählt hatte. Er hatte nie wieder ein Wort darüber verloren, und trotzdem hatte uns dieser Moment für immer miteinander verbunden.

Am Nachmittag wechselten Norman und ich gemeinsam die Kupplung an einem alten Transporter. Aber ich war nicht wirklich bei der Sache, und als ich eine der Schrauben wieder festzog, rutschte ich ab und schnitt mir an einer Auspuffhalterung die Hand auf. Es blutete ziemlich stark. Während Norman das Verbandszeug holte, ging ich zum Waschbecken, um die Wunde zu säubern. Ich hatte kaum Schmerzen, aber der Schnitt war ziemlich tief, und nachdem Norman die Verletzung provisorisch verbunden hatte, fuhren wir zu einer Arztpraxis, um die Wunde nähen zu lassen.

Im Wartezimmer sprachen wir kaum miteinander. Norman blätterte in einer Zeitschrift, und ich saß einfach so da und blickte auf den Verband an meiner Hand.

»Du bist momentan keine besonders große Hilfe«, sagte er, als wir das Gebäude wieder verließen.

»Wie meinst du das?«

»So, wie ich es gesagt habe. Seit Tagen trottest du abwesend durch die Werkstatt.«

Ich wusste nicht, was ich darauf entgegnen sollte. Wir

gingen schweigend Richtung Wagen, aber bevor wir einstiegen, sah er mich noch einmal an.

»Du solltest ein paar Tage freimachen«, sagte er und stieg ein.

Ich setzte mich neben ihn, und er startete den Motor.

»Ist schon okay«, sagte ich. »Ich brauche keinen Urlaub.«

»Ich meine es ernst«, Norman setzte den Wagen zurück. Dann fädelte er sich in den Verkehr ein.

In den nächsten Tagen wusste ich nichts mit mir anzufangen, also begann ich schon gegen Nachmittag zu trinken. Da ich Norman nicht über den Weg laufen wollte, verließ ich das Boot nur, wenn er gerade nicht da war oder schon Feierabend hatte. Und wäre Flint nicht gewesen, hätte ich die Kajüte tagsüber wahrscheinlich überhaupt nicht verlassen.

An den ersten Abenden ging ich noch im *Mayday* vorbei, aber ich hatte Angst, Sarah zu begegnen, also fing ich an, Läden zu besuchen, die ich noch nicht betreten hatte und wo mich niemand kannte. Ich aß kaum noch was, ging nicht mehr laufen und rauchte jeden Tag über eine Schachtel Zigaretten.

An einem Abend geriet ich fast in eine Schlägerei. Ein älterer Typ behauptete, ich hätte seine Freundin angegraben, und glücklicherweise war ich noch nüchtern genug, um nicht auf seine Provokationen einzugehen.

Als ich draußen vor dem Laden stand, wollte ich noch nicht nach Hause gehen, aber ich hatte auch keine Lust mehr, nach irgendeiner Bar zu suchen. Ich kaufte mir zwei Flaschen Bier an einer Tankstelle und setzte mich in einen Hauseingang. Es war schon nach Mitternacht, mitten in der Woche, und auf der Straße war kaum etwas los. Hin und wieder fuhr ein Auto vorbei, aber während ich dort saß, begegnete mir niemand. Und nachdem ich das erste Bier getrunken hatte, wurde mir langweilig, und ich fing an, in der Gegend herumzulaufen.

Etwa eine halbe Stunde später kam ich am *Krähennest* vorbei. Die Leuchtreklame war ausgeschaltet, aber im Inneren brannte noch Licht, und die Tür war nicht abgeschlossen. Es war fast zehn Jahre her, dass ich das letzte Mal da gewesen war, und ich dachte daran, wie ich Dennis damals gesucht hatte. Drinnen waren bereits die Stühle hochgestellt, und als ich eintrat, war niemand zu sehen. Aber als die Tür hinter mir ins Schloss fiel, konnte ich Berts Stimme aus der Küche hören.

»Ist schon geschlossen«, sagte er und kam durch den schmalen Durchgang hinter den Tresen.

»Scheiße«, sagte er. »Alex ... Ich dachte, du wärst ...«

»Bin wieder zurück.«

Er kam zu mir, und als wir uns umarmten, merkte ich, wie dünn er geworden war. Er sah müde aus, und seine Haare waren vollkommen grau.

»Willst du was trinken?«

»Ein Bier.«

»Bekommst du«, sagte er und ging wieder hinter die Theke. Ich nahm einen Hocker vom Tresen, stellte ihn auf den Fußboden und setzte mich.

»Mann, mit dir hätte ich überhaupt nicht gerechnet.« Er stellte eine Bierflasche vor mich hin. »Wie geht es dir?«

»Ging mir schon besser.«

»Hattest echt viel Pech in den letzten Jahren«, sagte er.

Ich nickte und nahm einen Schluck Bier.

»Du trinkst nichts?«, sagte ich und deutete auf die Flasche.

»Nein«, sagte er. »Damit bin ich durch. Vor zwei Jahren hat meine Bauchspeicheldrüse fast den Geist aufgegeben. Ich hatte noch nie solche Schmerzen, und der Arzt meinte, dass mich der nächste Schnaps mit Sicherheit ins Grab bringen würde.«

»Klingt nicht so gut«, sagte ich.

Bert lächelte.

»Wer weiß«, sagte er. »Vielleicht hat es mir das Leben gerettet. Du wirst es nicht glauben, ich hab sogar mit Sport angefangen. Ich hab mir zwei Wanderstöcke gekauft und laufe damit jeden Tag durch den Park. Ich hätte das viel früher machen sollen.«

Ich versuchte, mir Bert in Sportkleidung in einem Park vorzustellen, aber es gelang mir nicht.

»Wie läuft es mit dem Laden?«

»Nicht gut. Ich habe wegen meiner Bauchspeicheldrüse fast acht Wochen im Krankenhaus gelegen. Und mein ganzes Geld ist für die Kosten draufgegangen.«

Er hielt kurz inne.

»Na ja, im Endeffekt hab ich meine Wohnung gekündigt. Seitdem lebe ich hier. Ich hab mir ein Bett ins Getränkelager gestellt. Ist eigentlich gar nicht so übel.«

»Weiß der Vermieter davon?«

»Ja. Ist kein Problem für ihn. Und du? Arbeitest du noch in der Werkstatt?«

Ich nickte.

»Das ist gut. Norman ist echt ein super Kerl.«

»Stimmt.«

»Das mit Dennis geht mir immer noch nach. Aber du hast dich richtig verhalten.«

Er sah zu meiner Flasche.

»Willst du noch eins?«

»Nein danke.«

»Manchmal frage ich mich, was aus Dennis geworden wäre, also wenn er die Ausbildung fertig gemacht hätte.«

»Ja, geht mir auch oft so«, sagte ich.

»Wie war es da … drinnen?«

Meine Ärmel waren hochgerutscht, und Bert blickte auf die Narben an meinen Handgelenken.

»Scheiße«, sagte ich. »Die erste Zeit war die Hölle. Aber irgendwann hab ich mich dran gewöhnt.«

»Stimmt es, dass die da Bier aus Marmelade und Brot brauen?«

Ich lächelte.

»Du kannst dir nicht vorstellen, wie kreativ Menschen werden, wenn man sie einsperrt.«

Auch Bert lächelte jetzt.

»Auf jeden Fall schön, dass du wieder hier bist«, sagte er.

»Ja, finde ich auch.«

Als ich das *Krähennest* verließ und hinaus in die dunkle Nacht trat, war ich im Vergleich zu den letzten Abenden fast nüchtern. Und auf dem Heimweg fühlte ich mich

Dennis näher als sonst. Ich nahm mir vor, am nächsten Morgen wieder laufen zu gehen, und warf meine Zigarettenschachtel in einen Mülleimer. Zu Hause erwartete mich Flint, und als ich ihm sein Halsband anlegte, um noch ein paar Schritte zu gehen, wedelte er mit dem Schwanz.

Zehn

1997

Als Janssen und ich wieder in Hamburg ankamen, wurden wir schon von Norman und seinem Vater erwartet. Janssen musste los, aber Normans Vater schloss die Werkstatt ab, und nachdem wir etwas gegessen hatten, fuhren wir zu dritt zu dem Mann vom Jugendamt.

»Ich kenne ihn, er lässt hin und wieder sein Auto hier reparieren«, sagte Normans Vater, als wir im Wagen saßen. »Ich hab schon mit ihm gesprochen, und wenn alles klappt, kann ich die Vormundschaft für dich übernehmen. Also, wenn du das möchtest. Allerdings müsstest du dann bei uns einziehen.«

Er sah zu mir herüber.

»Könntest du dir das vorstellen?«

»Wenn das für euch okay wäre.«

»Klar, sonst würde ich dir das nicht vorschlagen«, sagte er und lächelte. »Das Schlafzimmer wird eh nicht genutzt.«

Wir fuhren am Fluss entlang. Ich blickte aus dem Fenster zu den Docks und dachte an Dennis. Ich war froh, dass ich nicht in eine Wohngruppe musste, aber gleichzeitig fragte ich mich, wie es bei ihm weitergehen werde.

Als wir das Büro betraten, gab der Mann jedem von uns die Hand. Er bot uns etwas zu trinken an, dann zeigte er auf einen runden Tisch vor dem Fenster. Die Unterhaltung verlief gut, und niemand sprach mein Verschwinden an. In dem Zimmer standen Aktenschränke, ein Schreibtisch und ein Computer. Normans Vater musste ein paar Formulare unterschreiben. Und als wir mit dem offiziellen Teil fertig waren, unterhielten sich die beiden noch eine Zeit lang über Autos.

Nachdem wir wieder zurück waren, ging ich zu unserer alten Wohnung. Zu meiner Überraschung war Dennis zu Hause. Er saß in seinem Zimmer vor dem Fernseher, und obwohl es gerade einmal drei Uhr war, hielt er eine Bierflasche in der Hand. Er war barfuß, trug eine Jeans, und sein T-Shirt war voller Flecken. Überall in der Wohnung stand schmutziges Geschirr herum.

Ich stellte meinen Rucksack ab und öffnete sein Fenster, dann setzte ich mich neben ihn.

»Wo warst du?«, fragte er und zündete sich eine Zigarette an.

Ich erzählte ihm von dem Typen vom Jugendamt und dass ich ihn überall gesucht hatte. Von meinen Nächten hinter dem Supermarkt, der Zugfahrt und wie mich Janssen schließlich gefunden hatte.

»Der ist echt in Ordnung«, sagte Dennis. »Er war auch ein paarmal hier, hat nach dir gefragt und mir sogar etwas Geld gegeben.«

Ich nickte.

»Ich kann wahrscheinlich bei Norman einziehen.«

»Hat mir sein Vater schon erzählt.«

»Was ist mit dir?«, fragte ich.

»Ich kann noch bis Ende des Monats bleiben, dann muss ich raus. Die Wohnung ist zu teuer für mich.«

»Hast du schon was?«

Dennis schüttelte den Kopf.

»Was ist mit dem Freund von Bert? Der mit den Häusern?«

»Weiß nicht. Ich war schon fast zwei Wochen nicht mehr im *Krähennest*.«

Ich erzählte ihm, dass ich mit Bert gesprochen hatte und er nicht sauer auf ihn war, aber Dennis ging nicht darauf ein. Er öffnete ein weiteres Bier, nahm die Fernbedienung und schaltete durch die Kanäle, bis er bei einem alten Schwarz-Weiß-Film hängen blieb. Ich hätte ihn gerne gefragt, ob er schon mit dem Anwalt geredet hatte, der ihm von Normans Vater empfohlen worden war, oder ob sich die Polizei wieder bei ihm gemeldet hatte. Aber irgendwie hatte ich das Gefühl, dass das nicht der richtige Zeitpunkt war, also sah auch ich zu dem Fernseher. Nach einer Weile wurde ich müde und schlief ein, und als ich wieder wach wurde, war Dennis verschwunden.

In den nächsten Tagen räumte ich mit Norman das Schlafzimmer aus. Wir überstrichen die alte Tapete, dann trugen wir meine Sachen zu ihnen in die Wohnung. Da ich kaum etwas besaß, waren wir nach zwei Stunden fertig. Norman musste zu seinem Vater in die Werkstatt, und weil ich nicht wusste, was ich tun sollte, ging ich in unsere alte Wohnung zurück. Es war seltsam, in meinem leeren Zimmer zu stehen. Ich dachte daran, wie wir vor nicht einmal einem Jahr hier gemeinsam renoviert hatten, und daran, wie meine Mutter das letzte Mal hier gewesen war.

Dennis sah ich in diesen Tagen kaum, und ich fühlte mich schlecht dabei, ihn hier alleine zurückzulassen. Ich hatte keine Ahnung, wo er war, aber ich befürchtete, dass er sich in irgendwelchen Kneipen herumtrieb, und ich hatte Angst, dass er anfangen würde, Drogen zu nehmen. Ich setzte mich in sein Zimmer aufs Bett, schaltete den Fernseher an und wartete auf ihn. Aber ich wusste, dass er nicht auftauchen würde. Irgendwann begann ich, das schmutzige Geschirr zusammenzuräumen. Ich brachte es in die Küche und spülte es ab. Dann saugte ich die Wohnung. Auch wenn Dennis nicht oft hier war, wollte ich, dass er sich wohlfühlte. Außerdem konnte ich nicht tatenlos vor dem Fernseher sitzen.

Ein paar Tage bevor die Schule zu Ende ging, saß ich alleine mit Normans Vater in der Küche. Er trank ein Bier und rauchte eine Zigarette.

»Weißt du schon, wie es nach der Schule weitergehen soll?«

Seit meine Mutter ins Krankenhaus gekommen war, hatte ich nicht mehr darüber nachgedacht. Ich war nur selten in die Schule gegangen, und obwohl meine Noten am Anfang des Jahres sehr gut gewesen waren, würde mein Hauptschulabschluss im besten Fall durchschnittlich ausfallen.

Ich schüttelte den Kopf.

»Norman hat mir erzählt, dass du gerne die mittlere Reife machen würdest«, sagte er und sah mich an. »Ich weiß, dass du immer ein guter Schüler warst, und ich werde dich, so gut es geht, unterstützen.«

Er hielt kurz inne und zog an seiner Zigarette.

»Trotzdem würde ich dir gerne einen Ausbildungsplatz in der Werkstatt anbieten. Du hast ein Händchen für Motoren, und du könntest weiter mit Norman in eine Klasse gehen.«

Ich hatte noch nie über diese Option nachgedacht.

»Lass es dir in Ruhe durch den Kopf gehen«, sagte er. »Du brauchst dich nicht gezwungen zu fühlen. Ich will dir diese Möglichkeit nur anbieten.«

»Danke«, sagte ich. »Ich denke drüber nach.«

»Okay«, sagte er. »Wir sollten langsam mit dem Kochen anfangen, Norman müsste jeden Moment nach Hause kommen.«

Elf

2006

Ich sah Freddys Gebrauchtwagenhandel schon von Weitem. Es war ein einfacher Schotterparkplatz mit einem alten Schiffscontainer, der als Verkaufsraum diente. In der Mitte des Platzes stand ein großer Mast, an dem ein paar Lampen und bunte Wimpelketten hingen, und neben dem Container thronte ein riesiges Schild mit der Aufschrift *Freddys Autozirkus*. Auf dem Parkplatz standen dreißig, vielleicht auch vierzig Autos, die meisten davon ältere Modelle. Und alle Wagen waren sauber und poliert.

Als ich das Gelände betrat, konnte ich Freddy nirgends sehen, also schaute ich mich ein wenig um. Die Preise, die auf den Windschutzscheiben klebten, waren völlig übertrieben, und ich fragte mich, ob es Leute gab, die tatsächlich so viel für die Autos zahlten.

Ich war auf der Suche nach einem Wagen mit Allradantrieb, der groß genug war, um damit Werkzeug zu transportieren. Aber die Fahrzeuge, die infrage kamen, waren entweder viel zu teuer oder hatten kaum noch TÜV. Und ich hatte keine Lust, ein Auto zu kaufen, an dem ich erst einmal tagelang herumschrauben musste.

Ich sah mir gerade einen Pick-up an, als Freddy neben mir auftauchte.

»Morgen, der Herr«, sagte er und hielt mir die Hand hin. Er trug eine schwarze Anzughose, frisch geputzte Schuhe und ein Hemd mit silbernen Manschettenknöpfen.

»Willst du für diese Kiste wirklich viertausend?«, fragte ich und gab ihm die Hand.

Er nickte, nahm ein Tuch aus der Hosentasche und wischte damit über den Seitenspiegel.

»Das glaubst du doch selber nicht.«

»Meine Erfahrung widerspricht dir da. Der Lack hat keinen einzigen Kratzer. Klimaanlage, Wegfahrsperre, frischer TÜV.«

»Hast du dir mal den Unterboden angesehen?«

»Leute wie du sind nicht meine Zielgruppe«, sagte er und grinste. »Was suchst du?«

»Allradantrieb, nicht zu klein, höchstens dreitausend«, ich sah mich um. »Aber ich schätze, da werde ich hier nicht fündig.«

»Willst du 'nen Kaffee?«

Ich nickte.

»Dann lass uns mal rüber ins Büro.«

Der Container war von innen mit Holz verkleidet und mit Teppich ausgelegt. Auf beiden Seiten waren Fenster eingebaut. Es gab einen großen Schreibtisch, und an der Wand dahinter hing ein ausgeblichenes Poster von einem blauen Cadillac.

»Setz dich«, sagte Freddy und deutete auf einen Stuhl neben dem Fenster. Er stellte eine Tasse vor mich auf den

Tisch und goss mir Kaffee aus einer Thermoskanne ein. Dann setzte er sich hinter seinen Schreibtisch.

»Ich hätte da eventuell was für dich«, sagte er und suchte in einem Papierstapel. »Einen Cherokee, Baujahr 97, ist heute Morgen reingekommen, ist sogar noch angemeldet.«

Er reichte mir die Papiere.

»Er steht draußen, auf der Straße.« Er öffnete eine Schreibtischschublade und nahm den Schlüssel heraus. »Kannst ihn dir gerne mal ansehen.«

Ich überflog den Fahrzeugbrief.

»Aus erster Hand?«

»Ja, und er ist lückenlos scheckheftgepflegt.«

»Was willst du dafür?«

»Schau ihn dir doch erst mal an.«

Der Wagen stand auf der anderen Straßenseite. Er war rot lackiert und machte auf den ersten Blick einen sehr guten Eindruck. Freddy war im Büro geblieben, also konnte ich ihn mir in Ruhe anschauen. Der Wagen schien tatsächlich in einem sehr guten Zustand zu sein. Ich konnte weder Rost an den Kotflügeln noch am Unterboden entdecken, und als ich ihn startete, war ich überrascht, wie leise er war. Nachdem ich äußerlich keine Mängel feststellen konnte, machte ich eine Probefahrt, aber auch hierbei konnte ich nichts Negatives finden. Der Motor lief ruhig und gleichmäßig, die Gänge ließen sich gut schalten, auch die Elektrik war vollkommen in Ordnung.

Als ich zurückkam, stand Freddy vor dem Hof. Ich parkte direkt neben ihm und stieg aus.

»Na, was sagst du?«

»Scheint ein sehr guter Wagen zu sein. Was willst du dafür?«

»Ich gebe ihn dir für dreitausend.«

Ich sah zu ihm.

»Du würdest das Doppelte dafür bekommen.«

Er nickte.

»Ich hab dir doch gesagt, dass ich dir 'nen guten Preis mache.«

»Komm schon, hör auf. Wo ist der Haken?«

»Die Besitzerin will ihn loswerden, und ich hab hier keinen Platz mehr.«

Er blickte über den Parkplatz.

»Da ist doch noch was anderes«, sagte ich und sah ihn durchdringend an.

»Na ja«, sagte er und druckste herum. »Der Mann der Besitzerin … er ist in dem Wagen gestorben.«

»Daher weht der Wind. Was ist mit dir los? So was interessiert dich doch sonst nicht.«

»Wir kannten uns schon ewig. Und ich würde ihn gerne in guten Händen wissen.«

»Dreitausend?«

Ich hielt ihm die Hand hin.

»Dreitausend«, sagte er und schlug ein.

»Kannst du ihn für mich ummelden?«

Freddy nickte.

»Kannst ihn morgen früh abholen.«

Als ich zurück war, suchte ich mein Werkzeug zusammen, das im Keller in mehreren Kisten verstaut war, und brachte es nach oben. Norman saß auf einem Stuhl vor der Werkstatt und rauchte eine Zigarette.

»Wieder unter den Lebenden?«

Ich nickte.

»Was hast du vor?«, fragte er.

»Ich fahre für ein paar Tage weg.«

»Und was willst du mit diesem ganzen Werkzeug?«

»Ich fahre zu Janssens Grundstück.«

»Du bist echt ein Vogel«, Norman begann zu lachen. »Du ziehst jetzt also von einem Boot in einen Zirkuswagen?«

Ich nickte.

»Ja, sieht so aus.«

»Wann willst du los?«

»Morgen früh.«

»Wollen wir später zusammen essen?«

»Klingt gut«, sagte ich.

»Um acht bei mir?«

»Um acht bei dir.«

Als ich bei Norman ankam, stand er in der Küche. Der Tisch war gedeckt, und es roch nach Tomaten und gebackenem Käse.

»Was gibt es?«, fragte ich und setzte mich.

»Lasagne«, sagte er und trat zum Kühlschrank. »Willst du ein Bier?«

»Gerade nicht. Vielleicht später.«

Der Geruch der Lasagne erinnerte mich an früher, als Norman, sein Vater und ich an den Abenden manchmal gemeinsam gekocht hatten. Ich hatte fast drei Jahre mit den beiden hier gewohnt. Und obwohl ich mich damals sehr auf meine erste eigene Wohnung gefreut hatte, war es mir schwergefallen auszuziehen.

Norman nahm sich ein Bier aus dem Kühlschrank, dann setzte er sich zu mir an den Tisch. Er öffnete die Flasche mit einem Feuerzeug und legte den Kronkorken vor sich in den Aschenbecher.

»Ich war gestern Abend im *Krähennest*«, sagte ich.

»Da war ich schon ewig nicht mehr«, sagte Norman und blickte zum Backofen. »Wie geht es Bert?«

»Ich glaube, so weit ganz gut. Aber am Anfang hab ich ihn fast nicht erkannt.«

»Hab davon gehört. Er hatte ziemliches Glück.«

Ich nickte.

Nachdem ich am nächsten Morgen den Wagen abgeholt hatte, packte ich das Werkzeug ein, dann verabschiedete ich mich von Norman und fuhr los. Bevor ich die Stadt verließ, hielt ich an einer Tankstelle. Es war das erste Mal, dass ich die Strecke selber fuhr, und obwohl ich mir sicher war, dass ich das Grundstück finden würde, kaufte ich mir vorsichtshalber eine Straßenkarte.

Es war kurz nach Mittag, als ich endlich auf der Autobahn Richtung Norden war. Flint saß auf dem Beifahrersitz, der Motor brummte, und je weiter ich mich von der Stadt entfernte, desto besser fühlte ich mich. Die Sonne schien, der Himmel war beinahe wolkenlos, und als ich nach einer Stunde endlich die Ausfahrt nahm und mich auf der Landstraße einfädelte, konnte ich es kaum erwarten, endlich anzukommen. Ich fuhr an blühenden Rapsfeldern vorbei, an alten Bauernhöfen, und als rechts von der Straße das Meer auftauchte, hielt ich an einem Parkplatz an und stieg aus. Ich ließ die Tür offen stehen, und als ich hinunter zum Wasser lief, kam mir Flint hinterher. Ich setzte mich auf einen Stein am Ufer und sah zu ihm hinüber, wie er bellend auf und ab lief, bevor er sich in die Fluten stürzte.

Es war das erste Mal, dass ich nicht traurig war, während ich an unseren letzten gemeinsamen Ausflug dachte.

Der schmale Schotterweg, der zu Janssens Grundstück führte, war so zugewachsen, dass ich teilweise Mühe hatte, ihm zu folgen. Regen und Frost hatten ihm ziemlich zugesetzt. Das Werkzeug im Kofferraum rutschte von der einen Seite zur anderen, und Flint hatte sich in den Fußraum verkrochen.

Ich brauchte fast eine Viertelstunde für die paar Hundert Meter. Und ich nahm mir vor, in den nächsten Tagen eine Motorsense zu besorgen.

Der Anstrich des Zirkuswagens war stark verwittert und an einigen Stellen abgeblättert. Die Regenrinne war verrostet, aber innen war es sauber und aufgeräumt wie immer – wenn man von dem Staub und den Spinnweben absah.

Ich öffnete alle Fenster, dann machte ich mich daran, das Werkzeug und die Lebensmittel auszuladen. Und während ich meine Vorräte in den Schränken verstaute, fielen mir mehrere Konserven in die Hände, die schon seit Jahren abgelaufen waren.

Als ich alles ausgepackt hatte, setzte ich mich auf die

Bank auf der Veranda. Aber ich merkte schnell, dass ich zu unruhig war. Das Unkraut stand teilweise hüfthoch, und wilde Büsche versperrten den Ausblick auf das Meer.

Nachdem ich drei Stunden gewütet hatte, konnte man zumindest vom Zirkuswagen wieder über die Bucht blicken. Ich hätte am liebsten noch ewig weitergemacht, aber ich war müde und hatte seit dem Morgen nichts mehr gegessen. Ich füllte Flint Trockenfutter in seinen Napf, dann wärmte ich mir eine Dose Chili con Carne auf, nahm mir ein Bier und setzte mich auf die Veranda.

Am nächsten Tag fuhr ich zu einem Baumarkt und besorgte eine Motorsense und zwei große Benzinkanister. Danach deckte ich mich in einem Supermarkt mit Lebensmitteln und Getränken ein.

Es dauerte zwei ganze Tage, den Schotterweg wieder einigermaßen befahrbar zu machen. Als ich Gras und Unkraut mit der Motorsense beseitigt hatte, sah ich, dass der Regen tiefe Gräben in den Boden gewaschen hatte, die ich mühsam mit einer Schaufel glätten musste. Aber die Arbeit lohnte sich, und als ich fertig war, war der Weg so eben, dass man ihn wieder mühelos mit einem normalen Wagen befahren konnte.

Als Nächstes kümmerte ich mich um den Zirkuswagen. Die Zeit und das Wetter hatten ihn doch stärker in Mitleidenschaft gezogen, als ich am Anfang gedacht hatte. Das Holz der Außenverkleidung war teilweise verfault, und auch das Dach war an einer Stelle beschädigt. Ich fuhr zu einem Baustoffhandel und besorgte das nötige Material, und als ich die Dinge wieder in Ordnung gebracht hatte, machte ich mich daran, den Wagen neu zu streichen.

Die Arbeit zog sich, aber als ich fertig war, sah der Wagen wieder exakt so aus wie damals, als ich ihn zum ersten Mal gesehen hatte.

Die folgenden Tage verbrachte ich damit, Gebüsch und totes Gehölz vom Grundstück zu entfernen. In den letzten Jahren waren zwei größere Bäume von einem Sturm entwurzelt worden und lagen jetzt, von Moos überwuchert, auf der Erde. In dem kleinen Schuppen neben dem Brennholzstapel fand ich eine Kettensäge, mit der ich die Bäume in ofengerechte Stücke schnitt.

Nachdem ich das Holz gestapelt hatte, ging ich zusammen mit Flint hinunter zum Meer. Das Wasser war noch ziemlich kalt, aber nach den ersten Schwimmzügen gewöhnte ich mich daran. Flint war direkt neben mir. Es war das erste Mal, dass wir nebeneinander im Wasser waren. Und nachdem wir ein Stück geschwommen waren, drehten wir um und setzten uns am Ufer in die Sonne.

Als ich zurückkam, stand ein Auto neben dem Zirkuswagen. Es war rot, und auch wenn ich das Modell aus der Entfernung nicht erkannte, begriff ich sofort, zu wem es gehörte. Linda saß auf der Veranda. Ich war barfuß und trug nur eine Jeans. Es war mir unangenehm, ihr so gegenüberzutreten.

»Hallo«, sagte sie.

Ich war unsicher und wusste nicht, ob ich sie umarmen sollte. Aber sie blieb sitzen, also sagte auch ich Hallo.

Ich schlüpfte in meine Stiefel und griff nach meinem Hemd, das über dem Geländer hing. Dann holte ich einen Stuhl aus dem Zirkuswagen und setzte mich neben sie.

»Wie geht es Marie?«, fragte ich, weil ich nicht wusste, was ich sonst sagen sollte.

»Ganz okay.« Ihre Stimme klang gereizt, und sie sah mich durchdringend an. »Sie mag dich und fragt ständig nach dir.«

Sie sah zu Flint, dann wieder zu mir.

»Ohne sie und deinen Freund aus der Werkstatt wäre ich sicher nicht hier.«

»Tut mir leid.«

»Sollte es auch«, sagte sie, immer noch gereizt. »Ich fand es wirklich nicht fair, dass du dich einfach so verpisst hast. Ist das deine Art, mit Problemen umzugehen? Du hättest mir wenigstens eine Chance geben können.«

Ich sah auf das verwitterte Holz der Tischplatte vor mir.

»Mag sein, dass du einiges hinter dir hast«, sagte sie, diesmal deutlich milder. »Aber einfach abzuhauen ist echt mies.«

»Du hast recht.« Ich hob den Kopf und sah zu ihr hinüber. »Es war nicht richtig.«

»Du kannst von Glück sprechen, dass ich dich nicht in der Werkstatt getroffen habe. Als ich dort vor der Tür stand, fiel mir auf, dass ich praktisch nichts über dich weiß. Du verpisst dich, und ich kann nicht aufhören, an dich zu denken.«

Wir sahen uns in die Augen. Die Wut war aus ihrem Gesicht gewichen, und sie wirkte müde und traurig.

»Um ehrlich zu sein: Ich weiß nicht, was ich überhaupt hier will«, sagte sie und senkte ihren Blick.

Ich spürte den Impuls, aufzustehen und zu ihr zu gehen, aber ich schaffte es nicht, ihm zu folgen.

»Ich hätte mit dir sprechen müssen«, sagte ich. »Du hast völlig recht, aber ich wusste einfach nicht, wo ich anfangen soll.«

Linda sagte nichts.

»Ich mag dich wirklich sehr«, sagte ich. »Aber ich hab manchmal Angst, dass allen Menschen, die mir was bedeuten, was passiert.«

Ich machte eine Pause.

»Ich weiß, das klingt bescheuert.«

»Nein«, sagte Linda. »Tut es nicht.«

Wir saßen uns für einen kurzen Moment schweigend gegenüber, dann fasste ich all meinen Mut zusammen, stand auf und ging zu ihr hinüber. Ich nahm ihre Hände, zog sie zu mir heran, und dann küssten wir uns. Ihre Lippen fühlten sich weich an. Meine Hand lag auf ihrem Rücken, und ich konnte ihren Herzschlag hören. Es war eine Ewigkeit her, dass ich einem Menschen, den ich mochte, so nah gewesen war. Und während wir dort standen, bekam ich weiche Knie. Mir wurde schwindelig, und ich hatte das Gefühl, dass die Last der letzten Jahre in dem Augenblick von mir abfiel.

»Ich bin so froh, dass du gekommen bist«, sagte ich, als wir uns voneinander lösten.

»Ich auch. Und ich möchte, dass du mir alles erzählst.«

Ich holte tief Luft, und dann nickte ich.

Ich wusste, dass es mir schwerfallen würde, und ich hatte keine Ahnung, wo ich beginnen sollte, aber mir war klar, dass ich es versuchen musste.

Zwölf

1997–2004

Nachdem ich bei Norman und seinem Vater eingezogen war, sah ich Dennis immer seltener. Da er bis zum Monatsende keine neue Wohnung fand, zog er vorübergehend in mein Zimmer bei Norman ein. Aber er war meistens unterwegs, und jedes Mal, wenn ich ihm begegnete, sah er schlechter aus. Er hatte Augenringe, wirkte müde und abgekämpft, und als er einmal fast drei Wochen nicht mehr auftauchte, hatte ich große Angst, dass ihm etwas passiert sein könnte.

Aber dann stand er eines Tages wieder vor der Tür. Er war rasiert, seine Haare waren frisch geschnitten, und er hatte saubere Sachen an.

»Wollen wir ein bisschen spazieren gehen?«, fragte er.

Es war schon gegen Abend, und ich war gerade von der Arbeit gekommen.

»Klar«, sagte ich, holte meine Jacke und trat zu ihm in den Flur.

Es war mittlerweile November, die meisten Bäume hatten ihre Blätter abgeworfen, und draußen war es schon dunkel. Wir liefen nebeneinander durch unser altes Viertel, und ich erzählte ihm von meiner Arbeit in der Werkstatt, von der Berufsschule und den Abenden mit Norman.

Dennis war anders als sonst, wenn ich ihn sah. Er stellte mir viele Fragen, wirkte aufgeräumt und lachte viel.

»Ich habe ein Mädchen kennengelernt«, sagte er schließlich.

»Das freut mich«, sagte ich. »Wie heißt sie?«

»Anna.«

»Schöner Name.«

Er nickte.

»Woher kennst du sie?«

Er erzählte mir, dass sie in einem Supermarkt arbeitete, in dem er hin und wieder eingekauft hatte. Sie hatten sich jedes Mal angelächelt, bis er sie irgendwann angesprochen hatte.

»Wir haben uns in einem Café getroffen, und seit diesem Nachmittag waren wir jeden Tag zusammen.«

»Das freut mich für dich.«

»Ihr müsst euch unbedingt kennenlernen.«

»Klar«, sagte ich und legte meinen Arm um seine Schulter. Ich war froh, dass er wieder da war und dass es ihm gut ging. Bevor wir uns auf den Rückweg machten, liefen wir bei einem Kiosk vorbei und kauften Süßigkeiten. Und obwohl Dennis seit fast drei Wochen bei Anna wohnte, blieben wir an diesem Abend zusammen. Wir schauten uns einen Film an, aßen die Süßigkeiten, und zum ersten Mal seit langer Zeit hatte ich das Gefühl, dass er wieder der Alte war.

Als ich am nächsten Morgen aufwachte, saß Dennis schon mit Norman und seinem Vater in der Küche. Ich stellte eine Schale auf den Tisch, füllte sie mit Cornflakes und setzte mich dazu.

»Schon wach?«, fragte ich und sah zu Dennis.

»Ich wollte gleich mal beim Arbeitsamt vorbei«, sagte er und nahm einen Schluck von seinem Kaffee.

»Hört sich gut an.«

Dennis nickte.

»Ich geh schon mal rüber zur Werkstatt«, sagte Normans Vater und stand auf. »Lasst euch ruhig noch etwas Zeit, es gibt heute eh nicht viel zu tun.«

»Danke«, sagte ich, und Normans Vater lächelte. Dann lege er Dennis die Hand auf den Arm.

»War schön, dich mal wieder gesehen zu haben. Viel Erfolg bei der Jobsuche!«

»Danke.«

»Also, bis später, Jungs«, sagte er, nahm seine Arbeitsjacke und ging.

Am Wochenende besuchte ich Anna und Dennis zum ersten Mal. Die Wohnung lag in der Nähe von meiner alten Schule, und vom Küchenfenster aus konnte man die Bahngleise sehen. Sie war nicht besonders groß, aber gemütlich eingerichtet, und während ich mit den beiden am Küchentisch saß, verstand ich sofort, was Dennis an Anna mochte. Auch sie war nur mit ihrer Mutter aufgewachsen, aber sie hatte keine Geschwister. Und als sie von ihrer Kindheit erzählte, kam mir einiges davon sehr vertraut vor. Ihre Mutter hatte in einem Blumengeschäft gearbeitet, und das Geld hatte nur für das Nötigste gereicht.

»Wir waren nie im Urlaub«, sagte sie. »Nicht mal an der Ostsee, aber als ich klein war, hat mich das nie gestört. Eine Nachbarin von uns hatte einen Garten an der Elbe, und dort haben wir unsere Sommer verbracht.«

»Das klingt schön«, sagte ich.

»War es auch«, sagte sie. »Wir haben dort Gemüse angebaut, es gab ein paar Obstbäume, und als die Nachbarin krank wurde und meine Mutter sie pflegte, hat sie uns den Garten geschenkt.«

»Gibt es ihn noch?«, fragte ich.

Anna nickte.

»Ja. Wenn es wieder wärmer ist, müssen wir meine Mutter dort unbedingt mal zusammen besuchen.«

Anna war genauso alt wie Dennis, aber sie kam mir erwachsener vor. Ihre Stimme war warm, sie sprach ruhig, und ich hätte ihr stundenlang zuhören können.

Als ich an diesem Abend nach Hause lief, merkte ich, wie froh ich darüber war, dass die beiden sich kennengelernt hatten. Es war schon spät, und auf dem Heimweg begegnete ich niemandem. Kurz bevor ich zu Hause ankam, blieb ich vor unserem alten Haus stehen. Die Fenster waren nicht erleuchtet, aber die Wohnung war wieder bewohnt. Und während ich zu meinem alten Zimmer hinaufsah, wurde mir klar, dass ich einen Ort gefunden hatte, an dem ich leben wollte.

Ein paar Wochen später fand Dennis Arbeit in einem Lager. Es war sicher kein Job für die Ewigkeit, aber er war okay bezahlt. Anna und er wohnten mittlerweile fest zusammen, und ich merkte ihm an, dass er erleichtert war, sich endlich an der Miete beteiligen zu können.

Ich besuchte die beiden, sooft ich konnte. Manchmal gingen wir zusammen in ein Bowlingcenter oder ins Kino, aber meistens trafen wir uns einfach bei ihnen in der Wohnung und unterhielten uns, und es war schön, zu sehen, wie gut die beiden sich verstanden.

Mitte Dezember luden sie mich zu Weihnachten ein. Ich hatte bis dahin nicht darüber nachgedacht, wie ich den Abend verbringen würde. Aber als ich zusagte, merkte ich, dass es mir sehr wichtig war, Dennis und Anna an diesem Tag zu sehen.

Die Sonne schien, und für Dezember war es ungewöhnlich warm. Wir trafen uns schon morgens, und während Anna das Essen vorbereitete, schmückte ich mit Dennis den Baum.

»Schön, dass du da bist«, sagte er.

Ich nickte.

»Ich muss den ganzen Tag schon an Mama denken«, sagte ich.

»Geht mir auch so.«

»Meinst du, sie kann uns sehen?«

»Weiß nicht«, sagte er und nahm eine rote Glaskugel aus der Schachtel. »Wenn es Gott oder so was geben würde, warum hat sie dann sterben müssen?«

»Hab ich auch schon oft gedacht.«

»Ich glaube da nicht dran«, sagte er und hängte die Kugel an den Baum. Dann sah er mich an. »Aber ich glaube, dass man wiedergeboren wird. Vielleicht als Vogel oder so.«

»Wäre schön«, sagte ich.

Dennis nickte. Wir schmückten den Baum weiter, und als wir fertig waren, setzten wir uns aufs Sofa.

»Ich habe übrigens meine Einberufung zur Armee bekommen«, sagte er.

»Zum Wehrdienst?«

»Ja.«

»Und? Gehst du hin?«

»Glaube schon. Vielleicht verpflichte ich mich sogar. Anna und ich wollen irgendwann Kinder, ich habe keine Ausbildung, und ich will nicht ewig im Lager arbeiten.«

»Verstehe ich. Aber zur Armee … Weiß Anna schon davon?«

»Ja, sie meint, dass ich das entscheiden soll.«

Wie in all den Jahren zuvor setzten wir uns nach dem Essen unter den Tannenbaum. Und während ich Dennis und Anna beobachtete, wurde ich traurig, weil meine Mutter die beiden nicht so sehen konnte. Aber ich war mir sicher, dass sie Anna gemocht hätte, und ich war unglaublich froh darüber, dass Dennis sich wieder gefangen hatte.

Wir saßen bis spät in die Nacht zusammen. Wir hörten die alte Sinatra-CD meiner Mutter, und irgendwann waren wir alle betrunken.

Als die beiden schließlich ins Bett gingen, richtete Anna die Couch im Wohnzimmer für mich her. Sie gab mir Bettzeug – Dennis war schon im Schlafzimmer –, und bevor sie zu ihm hinüberging, strich sie mir noch einmal über den Kopf.

»War ein schöner Abend«, sagte sie.

»Ja.«

»Schlaf gut.«

»Du auch.«

Sie löschte das Licht, dann verließ sie den Raum.

Ich lag noch eine Weile wach. Das Licht der Straßenlaternen fiel ins Wohnzimmer, und irgendwo wurde ein Wagen gestartet. Ich dachte an mich und meinen Bruder, als wir noch klein gewesen waren. Und dann fragte ich mich, wie wohl die Kinder von Dennis und Anna aussehen würden. Ich stellte mir die Wohnung voller Spielzeug vor und Dennis mit einem Baby im Arm.

Am Anfang war es ungewohnt, Dennis in Uniform zu sehen. Er absolvierte seinen Grundwehrdienst bei den Fallschirmjägern, und da seine Kaserne über zweihundert Kilometer entfernt lag, kam er nur am Wochenende nach Hamburg. Die meiste Zeit davon war er bei Anna. Aber hin und wieder schaute er auch bei mir vorbei.

Er besaß mittlerweile ein eigenes Auto, und an einem dieser Tage fuhren wir damit ziellos durch die Gegend. Es regnete, aber im Wagen war es warm und gemütlich.

»Was macht das Soldatenleben?«, fragte ich, während ich am Radio drehte und nach einem Sender suchte.

»Der Anfang war etwas ungewohnt – das frühe Aufstehen und so. Aber die Jungs auf meiner Stube sind total in Ordnung.«

»Das freut mich«, sagte ich.

»Das Gute ist, dass sich das gar nicht nach Arbeit anfühlt. Es ist eher wie bei den Pfadfindern. Und man ist die meiste Zeit draußen.«

Ich fand einen Sender und lehnte mich zurück.

»Ich weiß nicht, ob das was für mich wäre.«

Dennis blickte zu mir herüber.

»Hast ja noch etwas Zeit, dir darüber Gedanken zu machen«, er lächelte. »Wie läuft es in der Werkstatt?«

»Gut«, sagte ich. »Fühlt sich auch nicht nach Arbeit an.«

»Und die Schule?«

»Ist, ehrlich gesagt, ziemlich langweilig.«

Wir fuhren über eine breite Straße, auf der uns kaum Autos entgegenkamen. Rechts konnte ich den Hafen sehen, und auf der anderen Seite liefen Bahngleise entlang.

»Es ist kaum zu glauben, vor einem Jahr hat Mama noch gelebt«, sagte Dennis. »Kommt mir aber viel länger vor.«

»Mir auch.«

»Wie läuft es zu Hause? Fühlst du dich noch wohl bei den beiden?«

»Ja.«

»Ich bin froh, dass du da wohnen kannst.«

»Ich auch.«

»Manchmal frage ich mich, was aus mir geworden wäre, wenn ich Anna nicht getroffen hätte. Ich hab echt ziemlich viel Scheiße gebaut.«

Ich dachte an die Abende, an denen ich auf ihn gewartet hatte, an die Sache mit dem Auto. Und an die Gerichtsverhandlung. Dennis war noch nach dem Jugendstrafrecht verurteilt worden und hatte Sozialstunden bekommen.

»Weißt du, ich dachte damals, dass ich verrückt werde. Am schlimmsten waren die Nächte. Kurz bevor es hell wird.«

Er sah mich an.

»Alle Leute lagen gemütlich in ihren Betten, und ich lief durch die Straßen und hatte das Gefühl, jeden Moment zu ersticken.«

Er hielt kurz inne, und als ich zu ihm blickte, sah ich, dass er Tränen in den Augen hatte.

»Du bist viel stärker als ich. Das war schon immer so. Obwohl du der Kleinere bist. Und dabei ging es dir genauso beschissen. Ich schäme mich dafür, dass ich nicht für dich da war.«

Er wischte sich mit dem Unterarm über das Gesicht.

»Ist schon okay«, sagte ich und legte meine Hand auf seine Schulter. »Ich mag dich so, wie du bist. Und das wird immer so bleiben.«

Wir schwiegen und lauschten der Musik aus dem Radio, und als nach einer Weile ein Song von Bruce Springsteen kam, heiterte sich Dennis' Laune wieder auf. Er begann, von seiner Ausbildung zu erzählen und davon, dass er bald seinen ersten Fallschirmsprung absolvieren werde. Ich versuchte, mir vorzustellen, wie es sich anfühlen musste, kurz vor dem Absprung mit dem Fallschirm auf dem Rücken an der offenen Flugzeugtür zu stehen. Und ich dachte, wie klein alles von dort oben aussehen musste.

Es hatte aufgehört zu regnen, aber der Himmel war noch immer bewölkt. Wir fuhren unter einer Eisenbahnbrücke hindurch, und als wir auf der anderen Seite waren, tauchte in der Ferne eine Reklametafel von Burger King auf.

»Hast du Hunger?«

»Ich habe immer Hunger«, sagte ich und grinste.

»Vielleicht sollten wir was dagegen tun?«, sagte er, blinkte und steuerte den Wagen auf den Parkplatz.

Ich entschied mich für einen Burger, Pommes und Cola. Dennis bestellte sich nur einen Kaffee, und während wir auf den Kunstlederbänken saßen und nach draußen auf den Parkplatz blickten, musste ich an früher denken. Als wir noch klein gewesen waren, war er nachts manchmal zu mir ins Bett geschlüpft. Ich hatte mir nie etwas dabei gedacht, aber jetzt wurde mir klar, dass er sich schon damals in den Nächten gefürchtet hatte.

Es war schon dunkel, als wir wieder zurück in unser Viertel kamen. Dennis parkte den Wagen vor dem Haus und schaltete den Motor aus.

»War schön mit dir«, sagte ich.

Dennis nickte.

»Weißt du schon, was ihr heute Abend macht?«

»Ich denke, dass wir ins Kino gehen«, sagte er.

»Grüß Anna von mir.«

»Mach ich.«

Ich öffnete die Tür.

»Also, bis bald.«

»Bis bald«, sagte er und startete den Wagen.

»Und viel Spaß bei deinem ersten Sprung.«

»Danke.«

»Rufst du mich an?«

»Mach ich.«

Ich schlug die Tür zu. Dennis wendete, und als sich der Wagen entfernte, wartete ich, bis die Rücklichter hinter der Kurve verschwunden waren. Dann ging ich zur Haustür, öffnete sie und stieg die Treppen hinauf zur Wohnung.

Einige meiner Mitschüler in der Berufsschule beschwerten sich über ihre Firmen, die Kollegen und ihre Chefs. Aber ich war vom ersten Tag an gerne zur Arbeit gegangen. Manchmal, wenn es viel zu tun gab, war ich täglich über zehn Stunden dort. Aber Normans Vater verlangte weder von mir noch von Norman, Überstunden zu machen, und hin und wieder musste er uns regelrecht dazu zwingen, nach Hause zu gehen.

Ein paar Wochen vor unserer Abschlussprüfung saßen Norman, sein Vater und ich morgens zusammen im Pausenraum. Wir hatten gerade gefrühstückt und besprachen nun, was zu tun war.

»Heute machen wir die Werkstatt eine Stunde früher zu«, sagte er, als wir aufstanden und die Lebensmittel in den kleinen Kühlschrank räumten.

»Wieso das?«, fragte Norman.

»Ich hab was mit euch vor«, sagte er und sah uns verschwörerisch an.

Wir versuchten den ganzen Vormittag herauszufinden,

was er im Schilde führte, aber er rückte nicht damit heraus. Und auch als wir später frisch geduscht aus der Werkstatt traten und zum Wagen gingen, sagte er keinen Ton.

Norman saß neben ihm, und ich hatte auf der Rückbank Platz genommen. Wir fuhren an unserem Viertel vorbei in Richtung Autobahn, aber bevor die Auffahrt kam, lenkte er den Wagen in ein Industriegebiet. Wir ließen ein paar alte Lagerhallen hinter uns und hielten schließlich vor einem großen Tor.

»Aussteigen, wir sind da«, sagte er, öffnete die Tür und stieg aus.

Als wir neben ihm standen, zog er einen Schlüssel aus seiner Hosentasche und schloss auf. Dann schob er das große Tor zur Seite. Das Licht im Inneren der kleinen Halle war schummrig, aber mein Blick fiel sofort auf die beiden Wagen. Es waren zwei ältere Honda Civics – einer in Blau, und einer in Rot.

Norman und ich sahen gleichzeitig zu seinem Vater.

»Ich hab irgendwo mal gehört, dass man fleißigen Mitarbeitern ab und an mal ein Geschenk machen soll«, sagte er und lächelte. »Jetzt müsst ihr euch nur noch einigen, wer welchen nimmt.«

Wir bekamen beide kein Wort heraus, standen einfach so da und blickten abwechselnd zu Normans Vater und den Autos.

»Ihr dürft sie euch auch anschauen.«

Norman ging zu dem blauen Wagen, und ich setzte mich in den roten. Der Schlüssel steckte, und als ich ihn drehte, sprang der Motor sofort an.

Obwohl wir nur selten lernten, gehörte Norman, seit wir in der Berufsschule waren, zu den Klassenbesten. Er half den anderen Schülern, die Probleme hatten, und so gut wie alle Lehrer mochten ihn. Aber am Morgen der Prüfung machte er sich große Sorgen.

»Was mache ich, wenn ich durchfalle?«, fragte er, kurz bevor es losging.

»Du machst Witze. Du bist mittlerweile besser als ich.«

»Ich hab das Gefühl, dass ich alles vergessen habe«, sagte er und lief unruhig hin und her. Wir standen mit den anderen Lehrlingen im Flur vor dem Prüfungsraum. Alle waren nervös und aufgeregt. Und als einer der Lehrer endlich die Tür aufschloss und uns hineinließ, sagte niemand ein Wort.

Auch ich war ziemlich angespannt, aber als die Arbeitsblätter schließlich vor mir lagen, wurde ich wieder ruhiger. Wir hatten uns in der Schule die Prüfungen der letzten Jahre angesehen, und die Lehrer hatten durchblicken lassen, was in diesem Jahr wahrscheinlich nicht drankommen werde.

Als Norman und ich das Gebäude am Nachmittag verließen, hatten wir beide ein gutes Gefühl. Die Sonne schien, und bevor wir zu Normans Vater in die Werkstatt fuhren, besuchten wir Carmen im Kino.

»Na, Jungs, wie ist es gelaufen?«, fragte sie, als wir durch die Tür in das kleine Foyer traten.

»Ich glaube, ganz okay«, sagte Norman.

»Ihr habt bestimmt super abgeschlossen«, sagte sie und stellte zwei Flaschen Cola auf den Verkaufstresen.

»Meinst du?«, fragte ich.

»Nein, ich bin mir sogar ziemlich sicher«, sagte sie und lächelte.

Die praktische Prüfung fand ein paar Tage später statt. Sie dauerte knapp sechs Stunden, und schon währenddessen deutete der Prüfer an, dass wir uns keine Sorgen machen müssten. Er war nett, und wenn man eine der Aufgaben nicht verstand, wiederholte er sie.

Als wir fertig waren, mussten wir erst einmal warten. Das Ergebnis sollte uns zwei Wochen später per Post mitgeteilt werden. Die Zeit zog sich, und schon ein paar Tage nach der Prüfung begannen wir, täglich erwartungsvoll den Briefkasten zu öffnen.

Das Schreiben kam auf den Tag genau zwei Wochen nach der Prüfung. Norman und ich waren gerade aus der Werkstatt zurückgekehrt. Wir trugen noch immer unsere Arbeitskleidung, standen im Treppenhaus, und jeder von uns hielt einen Brief in der Hand.

Beide Umschläge waren ziemlich dünn, und auf jedem prangte das Logo der Handwerkskammer.

»Was ist, wenn nur einer von uns bestanden hat?«, fragte Norman.

»Du denkst immer noch, dass du durchgefallen sein könntest?«

Er nickte.

»Sollen wir die Briefe gleichzeitig aufmachen?«, fragte ich.

»Ja.«

Ich öffnete den Umschlag und las:

»Sehr geehrter Herr Hofmann,

wir freuen uns, Ihnen mitteilen zu können …«

Ich sah zu Norman, der noch auf das Schreiben blickte. Als er merkte, dass ich ihn beobachtete, hob er den Kopf und lächelte.

»Wir haben es geschafft«, sagte ich, und dann umarmten wir uns.

Für das Wochenende hatten wir eine Feier vorbereitet. Wir stellten einen großen Tisch auf den Hof, und Normans Vater baute den Grill auf. Ein paar Stunden später war der kleine Platz voller Gäste. Aus der alten Anlage in der Werkstatt dröhnte Musik, und die Stimmung war ausgelassen.

Normans Vater hatte so gut wie alle Leute eingeladen, die er kannte. Sogar unser Werkzeugvertreter und der alte Mann, der einmal in der Woche den Schrott abholte, schauten vorbei. Carmen war da, und natürlich Janssen, doch am meisten freute ich mich über Dennis und Anna. Die beiden saßen die ganze Zeit neben mir. Wir tranken alles durcheinander, und irgendwann reißen meine Erinnerungen an den Abend ab. Aber ich weiß noch, wie stolz Dennis auf mich war.

»Du hast das einfach durchgezogen«, sagte er, als wir noch ziemlich nüchtern waren.

»Um ehrlich zu sein, es ist mir nicht besonders schwergefallen«, sagte ich.

»Spiel es nicht so herunter. Du gehörst zu den Jahrgangsbesten.«

»Ja, aber ich musste nicht viel dafür tun.«

»Dennis hat recht«, sagte Anna. »Wichtig ist doch, dass du es durchgezogen hast. Du machst eine Arbeit, die du liebst und die du sehr gut kannst.«

»Stimmt«, sagte Dennis. »Ich hätte das nicht besser sagen können.«

Er öffnete die Tequila-Flasche, die vor ihm stand, und goss unsere Gläser voll.

»Auf meinen Bruder«, sagte er. Und wir hoben unsere Gläser und stießen an.

Etwa ein Jahr später – im August 2001 – erlitt Normans Vater einen Schlaganfall. Es stand nicht gut um ihn, und zu allem Überfluss erlitt er im Krankenhaus noch eine Lungenembolie. Er lag auf der Intensivstation und war in ein künstliches Koma versetzt worden. Die Ärzte hielten sich mit Prognosen zurück, aber dass sein Zustand sehr kritisch war, konnte man nicht leugnen.

Norman verbrachte täglich mehrere Stunden an seinem Bett, während ich mich, so gut es ging, um den Betrieb in der Werkstatt kümmerte. Es war jetzt ein Jahr her, dass wir unsere Ausbildung abgeschlossen hatten, und die Firma lief besser als je zuvor. Ich arbeitete täglich zehn bis zwölf Stunden, und ich schaffte dennoch nur einen Bruchteil des Ganzen, obwohl ich schon seit Tagen keine neuen Wagen mehr annahm.

Nach zwei Wochen war abzusehen, dass Normans Vater es wahrscheinlich nicht schaffen würde. Er lag in derselben Klinik, in der auch meine Mutter gestorben war, und ich musste mich jedes Mal überwinden, durch die Pforte zu treten. Ich war seit ihrem Tod in keinem

Krankenhaus mehr gewesen, und der Geruch auf den Gängen ließ die Erinnerungen an jene Tage wieder aufsteigen.

»Es sieht nicht besonders gut aus«, sagte Norman, als wir eines Nachmittags zusammen das Krankenhaus verließen. Es war ein warmer Tag, und während wir vor dem Gebäude standen, fiel mein Blick auf den Teich und die Bank, auf der ich hin und wieder mit meiner Mutter gesessen hatte.

»Haben die Ärzte was gesagt?«

Er schüttelte den Kopf.

»Nein, aber ich glaube nicht, dass er wieder aufwachen wird. Und ohne die ganzen Maschinen würde er wahrscheinlich gar nicht mehr leben.«

Norman wirkte gefasst.

»Er hat immer so unverletzlich gewirkt, ich hätte niemals gedacht, dass so was mit ihm passieren würde.«

»Ich auch nicht«, sagte ich.

»Wenn ich ihn jetzt so sehe, habe ich das Gefühl, dass er jemand ganz anderes ist.«

Ich wusste, was er meinte. Der Körper, der dort im Bett lag, wirkte wie eine leere Hülle. Und das Gerät, das in regelmäßigen Abständen Sauerstoff in seine Lungen pumpte, unterstützte diesen Eindruck.

»Wollen wir uns kurz setzen?«, ich deutete hinüber zum Teich.

Norman nickte.

Wir überquerten den Parkplatz und liefen an den Kastanienbäumen vorbei zu der alten Holzbank. Dann setzten wir uns. Die Sonne schien, aber ich spürte, dass der

Herbst nicht mehr weit war. Auf der anderen Seite des Sees spielte ein kleiner Junge mit seinem Vater, und Norman und ich blickten beide zu ihnen hinüber.

»Mein Vater hat immer gearbeitet«, sagte Norman nach einer Weile. »Das war einer der Gründe, warum meine Mutter ihn verlassen hat. Wenn ich ihn sehen wollte, musste ich in die Werkstatt. Keine Urlaube, keine langen Ausflüge.«

Norman sah mich an.

»Aber das hat mich nie gestört. Ich liebte die Werkstatt. Und es gibt kaum eine Erinnerung an meine Kindheit, die ich nicht mit ihr verbinde. Die Werkstatt und mein Vater, das gehört einfach zusammen.«

Während er sprach, fiel mir auf, dass es mir genauso ging. Seit ich in Hamburg war, gehörte die Werkstatt zu meinem Leben. Auch vor meiner Ausbildung war ich fast jeden Tag dort gewesen. Sie war für mich immer ein besonderer Ort gewesen, und erst jetzt merkte ich, dass das nur zum Teil an dem Gebäude gelegen hatte. Normans Vater hatte auch für mich immer ein offenes Ohr gehabt, auch bevor ich bei ihnen eingezogen war. Ich konnte mir einfach nicht vorstellen, dass er es nicht schaffen würde.

Als ein paar Tage später in New York die Flugzeuge in die Zwillingstürme krachten, musste ich sofort an meinen Bruder denken. Wir hatten in den letzten Wochen kaum miteinander gesprochen, aber als ich bei ihm anrief, ging er sofort ans Telefon.

»Du bist zu Hause?«

»Ich hab diese Woche frei, wir wollten morgen für ein paar Tage wegfahren.«

»Hast du von den Anschlägen gehört?«

»Ja, Anna und ich sitzen schon den ganzen Tag vor dem Fernseher.«

Ich hatte im Radio davon gehört, und erst jetzt dachte ich daran, dass wahrscheinlich alle Sender Bilder von dem Unglück übertrugen.

Ich bekam Gänsehaut.

Kurz sagte niemand von uns etwas, und ich konnte Dennis atmen hören.

»Willst du vorbeikommen?«

»Ja«, sagte ich, und dann verabschiedete ich mich.

Als ich zu ihnen fuhr, waren die Straßen gespenstisch leer. Viele Geschäfte hatten geschlossen, und als ich bei einer Tankstelle hielt, um etwas zu trinken zu kaufen, lief auch dort der Fernseher.

Norman und Anna wohnten noch immer in derselben Wohnung, und als ich eintrat, saßen sie vor dem Fernseher. Wir nahmen uns in die Arme, dann setzte ich mich zu ihnen aufs Sofa.

Mittlerweile waren beide Türme eingestürzt, und auf dem Bildschirm liefen abwechselnd Aufnahmen von Körpern, die in die Tiefe fielen, und dem Kollaps der Gebäude. Und man sah eine riesige Staubwolke, die durch Häuserschluchten fegte.

Ich starrte auf den Fernseher, aber ich verstand nicht, was vor sich ging.

»Meinst du, dass das irgendjemand überlebt hat?«, fragte Anna, ohne ihren Blick von den Bildern zu lösen.

»Weiß nicht«, sagte Dennis.

»Warum tun Menschen so was? Ich verstehe das nicht.«

Niemand von uns sagte etwas, wir saßen wie gelähmt auf dem Sofa. Irgendwann stand Anna auf und ging in die Küche. Ich hörte Geschirr klappern, und nach einer Weile drang der Geruch von Bratkartoffeln zu uns ins Wohnzimmer. Ich hatte den Tag über kaum etwas gegessen, und erst jetzt fiel mir auf, wie hungrig ich war.

Ich kam erst gegen Mitternacht nach Hause. In der Wohnung brannte kein Licht, aber als ich die Lampe in der Küche einschaltete, sah ich, dass Norman am Tisch saß.

»Scheiße, warum sitzt du im Dunkeln?«

»Er ist gestorben«, sagte er.

In Gedanken war ich immer noch bei den Anschlägen, und ich begriff nicht sofort, was er damit meinte, aber dann sah ich, dass er geweint hatte. Ich setzte mich neben ihn.

»Wann?«, fragte ich und legte meinen Arm um ihn.

»Heute Nachmittag.«

»Warst du da?«

Er nickte, und dann begann er zu weinen.

Er schluchzte und zitterte, und während ich ihn im Arm hielt, wusste ich, wie er sich fühlte. Aber im Gegensatz zu Norman hatte ich damals meinen Bruder gehabt.

Etwa ein halbes Jahr später stand Dennis' erster Auslandseinsatz bevor. Er hatte sich freiwillig für Afghanistan ge meldet, und während Anna und ich uns große Sorgen machten, wirkte Dennis ruhig und ausgeglichen.

Die letzte Woche vor seiner Abreise hatte er frei, und an einem dieser Tage fuhren wir zum Zelten an einen See. Dennis hatte seine Angel mitgenommen, und obwohl ich nur dieses eine Mal mit Janssen gefischt hatte, freute ich mich auf den Ausflug.

Wir parkten den Wagen direkt am Ufer. Während ich unsere Sachen auslud und das Zelt aufbaute, ging Dennis in den nahe gelegenen Wald, um Brennholz zu sammeln.

Außer uns war niemand da. Es war Ende März, aber die Sonne hatte schon Kraft, und man spürte den Frühling.

Als wir fertig waren, setzten wir uns auf zwei Klappstühlen ans Wasser. Dennis bereitete seine Angel vor, und während wir auf einen Biss warteten, schwiegen wir. Der See lag still vor uns, und außer dem Singen der Vögel und dem Rauschen des Windes gab es keine Geräusche. Auf der anderen Seite stand ein Bootshaus, und der Himmel war klar.

»Manchmal würde ich gerne aufs Land ziehen«, sagte Dennis. »Ein kleines Haus, ein Garten … ich hab langsam genug von der Stadt.«

»Meinst du, dass das wirklich was für dich ist?«

»Keine Ahnung«, sagte er und drehte an der Spule seiner Angel. »Ich möchte es zumindest mal versuchen.«

»Was sagt Anna dazu?«

»Hab noch nicht mit ihr darüber gesprochen. Sie macht sich gerade ziemliche Sorgen wegen dem Einsatz.«

»Wie geht es dir damit?«

»Ganz okay«, sagte er. »Wir wurden gut vorbereitet, und ich werde die meiste Zeit im Feldlager sein.«

Er sah mich an.

»Machst du dir auch Gedanken?«

»Vielleicht ein bisschen.«

»Brauchst du nicht. Es ist gerade ziemlich ruhig da unten.«

Wir saßen über eine Stunde mit der Angel am Ufer. Dennis wechselte mehrmals den Köder, aber wir fingen nur eine kleine Forelle, die wir wieder in die Freiheit entließen.

Als es dunkel wurde, zündete ich ein Feuer an. Wir wärmten uns zwei Dosen Ravioli auf, und Dennis öffnete jedem von uns ein Bier, und während wir tranken, blickten wir in die Flammen. Unser Zelt und die Feuerstelle lagen genau zwischen dem See und einem kleinen Wald. Ich musste an den Abend denken, an dem wir gemeinsam vor dem Zirkuswagen gesessen hatten.

»Schon verrückt, dass man von überall auf der Welt denselben Mond sieht«, sagte ich.

Dennis nickte, und während wir beide nach oben sahen, erklang aus der Nähe ein Vogelruf. Er war schrill und hörte sich fast wie ein Quietschen an.

Wir drehten uns beide zu den Bäumen, aber es war zu dunkel, um etwas zu erkennen, und Dennis suchte nach seiner Taschenlampe, die neben ihm auf der Erde lag. Er schaltete sie ein und leuchtete in die Bäume. Zuerst dachten wir, der Vogel sei wieder verschwunden, aber dann erklang der Ruf erneut, und genau in dem

Moment tauchte im Lichtkegel der Taschenlampe ein Vogel auf. Er saß ganz ruhig auf einem Ast und sah zu uns herüber.

»Hast du so was schon mal gesehen?«, fragte Dennis leise.

Ich schüttelte den Kopf.

»Was ist das? Eine Eule?«

»Ich glaube, ja.«

»Sie ist wunderschön.«

Wenige Tage später flog Dennis nach Afghanistan. Ich war sehr angespannt, aber schon Ende der Woche rief er mich an. Er erzählte, dass er gut angekommen sei und dass es ihm gut gehe.

Die Telefonverbindung war besser als erwartet, und ich konnte mir nur schwer vorstellen, dass er gerade in einem Feldlager in Afghanistan war.

Wir sprachen einmal die Woche. Er schrieb mir Briefe, und hin und wieder schickte ich ihm Päckchen mit Süßigkeiten, Zeitschriften und Zigaretten.

Dennis war insgesamt vier Monate weg, und je mehr Zeit verging, umso weniger Sorgen machte ich mir. Am Telefon klang er immer ruhig und gut gelaunt. Manchmal erzählte er mir, dass er Anna vermisse, aber ich hatte nie den Eindruck, dass es ihm schlecht ging oder dass er sich im Feldlager unwohl fühlte.

Er kam an einem warmen Augusttag zurück. Ich hatte mir freigenommen und fuhr mit Anna zusammen zum Stützpunkt. Als wir ankamen, warteten dort schon andere Familien vor dem großen Tor. Manche von ihnen hatten Willkommensschilder gebastelt, und überall auf dem Parkplatz liefen Kinder herum.

Als die Soldaten schließlich in einem großen Bus vorfuhren, begannen einige zu jubeln. Und während ich dort stand, fiel mir auf, wie sehr ich Dennis vermisst hatte. Es war das erste Mal gewesen, dass wir so lange voneinander getrennt gewesen waren, und die vier Monate kamen mir wie Jahre vor.

Er war einer der Letzten, die den Bus verließen. Seine Haare waren kürzer, er hatte abgenommen, und als er uns anlächelte, kam er mir älter vor.

»Schön, dass ihr beide gekommen seid«, sagte er und gab Anna einen Kuss.

Als wir uns umarmten, spürte ich die Zigarettenschachtel in der Brusttasche seiner Uniform. Er roch immer noch genauso wie früher.

Wir waren mit meinem Wagen zum Stützpunkt gefahren, und auf dem Heimweg saßen Anna und Dennis auf der Rückbank. Und während wir uns unterhielten, beobachtete ich die beiden im Rückspiegel.

Dennis erzählte vom Lageralltag und von seinen Aufgaben bei der Versorgungseinheit, der er angehört hatte.

»Wir hatten da sogar ein paar Hunde«, sagte er. »Irgendwer hat sie von einer Patrouille als Welpen mitgebracht. Wir fütterten sie mit Lebensmittelresten aus der Küche. Es war nicht erlaubt, und obwohl alle wussten, dass sie da waren, und wir sie sogar abends manchmal mit in unsere Zelte nahmen, sagte niemand etwas.«

In der ersten Zeit nach seiner Rückkehr fuhren wir regelmäßig zum Angeln, und manchmal gingen wir zu dritt ins Kino. Aber irgendwann wurden unsere Treffen seltener. Einmal fuhren wir zusammen in ein Ferienhaus, und wir verbrachten auch in diesem Jahr Weihnachten zusammen, aber wir hatten beide viel zu tun. Und so kam es, dass wir uns nur noch hin und wieder sahen.

Seit Normans Vater nicht mehr lebte, kamen wir mit der Arbeit kaum noch hinterher. Norman hatte mittlerweile mit der Meisterschule begonnen, und wenn er Unterricht hatte, war ich alleine in der Werkstatt.

An einem dieser Tage kam Dennis mich besuchen. Ich war gerade beim Schweißen und hatte ihn nicht kommen hören.

»Sieht nach 'ner Menge Arbeit aus«, sagte er, als ich die Naht mit einer Drahtbürste reinigte.

Ich sah zu ihm.

»Kaffee?« Er hielt mir einen Pappbecher hin.

»Du kommst wie gerufen.«

Ich zog die Handschuhe aus, und wir setzten uns nebeneinander auf die kleine Bank vorm Fenster.

»Ihr solltet jemanden einstellen.«

»Ja, wahrscheinlich«, sagte ich und blickte mich um. »Wie geht es dir?«

»Ich komme, um dir Bescheid zu sagen, dass ich nächste Woche wieder nach Afghanistan fliege.«

»Wusste gar nicht, dass du noch mal da runter willst.«

»Ist alles ziemlich spontan«, sagte er und nippte an seinem Kaffee.

»Wann geht dein Flug?«, fragte ich.

»Dienstag.«

»Sollen wir vorher noch was zusammen unternehmen?«

»Klar, was hältst du von übermorgen?«

»Klingt gut. Holst du mich ab?«

Dennis nickte.

»Um sechs bei dir?«

»Um sechs bei mir.«

Er trank seinen Becher aus und warf ihn in den kleinen Mülleimer, dann stand er auf, verabschiedete sich und ging.

Ich saß auf der Treppe vorm Haus, als Dennis um die Ecke bog. Ich hatte den ganzen Tag gearbeitet, und als ich zu seinem Wagen ging, merkte ich, wie müde ich war.

»Hast du schon was gegessen?«, fragte er, als ich mich neben ihn setzte.

Ich schüttelte den Kopf.

»Pizza?«

»Gute Idee«, sagte ich, und Dennis startete den Wagen.

Fünf Minuten später hielten wir bei einem Italiener, bei dem wir schon ein paarmal gewesen waren. Der Besitzer kannte uns, und als wir den Laden betraten, lächelte er uns an. Wir setzten uns an einen der hinteren Tische, bestellten uns Bier und blickten in die Speisekarte. Der Laden war schon alt. Die Wände waren teilweise vergilbt, die Stühle wackelten, aber es gab dort die beste Pizza, die ich kannte.

Als wir aufgegessen hatten, sprachen wir eine Zeit lang über die Arbeit in der Werkstatt. Dann unterhielten wir uns über Dennis' bevorstehenden Einsatz. Ich fragte ihn, ob er aufgeregt sei oder Angst habe, aber er verneinte, und irgendwann wechselten wir das Thema. Wir tranken noch ein Bier, dann bezahlten wir und gingen.

Wir wussten nicht so recht, was wir tun sollten. Für Kino war es zu spät, und wir hatten beide keine Lust, in eine Bar zu gehen, also fuhren wir einfach so durch die Gegend. Es war Samstagabend, und überall auf den Straßen waren Leute unterwegs. Die Reklameschilder der Kneipen und Restaurants leuchteten in der Dunkelheit, und ich musste an den Abend nach der Renovierung denken, als wir im *Krähennest* essen gewesen waren.

»Hast du Bert eigentlich noch mal gesehen?«, fragte ich.

»Ja«, sagte er. »Kurz nachdem ich Anna kennengelernt hatte. Ist mir ziemlich schwergefallen, ihn zu besuchen. Ich hab mich total mies gefühlt, weil ich einfach abgehauen bin. Als ich vor der Tür stand, wollte ich zuerst gar nicht reingehen. Aber dann hab ich all meinen Mut zusammengenommen und die Tür geöffnet … Weißt du, was er gesagt hat?«

»Nein.«

»Gar nichts. Er hat gelächelt, als wenn nichts passiert wäre. Er hat mir eine Cola auf den Tresen gestellt und war die ganze Zeit total nett zu mir.«

In der Ferne tauchte eine Tankstelle auf, und Dennis drosselte das Tempo. Dann blinkte er, verließ die Straße und hielt neben einer der Zapfsäulen.

Er sah mich an.

»Am Anfang war ich total angespannt – ich meine, ich bin einfach abgehauen, außerdem hab ich ihn beklaut –, aber irgendwann bin ich ruhiger geworden. Und kurz bevor ich gegangen bin, hat er mich sogar gefragt, ob ich wieder bei ihm arbeiten möchte.«

Er hielt kurz inne, und ich hatte das Gefühl, dass er nachdachte.

»Manchmal denke ich, dass ich das hätte tun sollen. Aber ich hatte immer noch ein schlechtes Gewissen, und ich wollte ihn nicht wieder enttäuschen.«

»Verstehe ich.«

»Auch noch ein Bier?«, fragte er und öffnete die Tür.

Ich nickte.

Vom Wagen aus beobachtete ich, wie er zwei Flaschen aus dem großen Kühlschrank nahm und zur Kasse ging. Und als er bezahlte, wurde mir bewusst, dass wir beide erwachsen waren.

Wie auch beim letzten Mal brachte ich ihn mit Anna zum Flughafen. Aber im Gegensatz zu seinem ersten Auslandseinsatz hatte ich diesmal keine Angst um ihn, und auch Anna machte einen entspannten Eindruck. Wir alberten herum, und Dennis überlegte, was er mit dem Geld aus dem Einsatz machen könnte.

»Vielleicht spendier ich einem der Hunde aus dem Lager einen Flug«, sagte er und lachte.

»Meinst du, der würde sich mit den deutschen Hunden verstehen?«, sagte ich.

»Gute Frage.«

»Wir könnten das Geld aber auch mit zur Rennbahn nehmen«, sagte ich.

»Wenn du die Pferde aussuchst, können wir es auch gleich der Heilsarmee spenden.« Er lachte.

»Kannst du dich noch an Maik erinnern?«, fragte ich und sah zu ihm.

»Der Große, Dünne, der bei dir und Norman in der Klasse war?«

Ich nickte.

»Ja, hab ihn aber schon ewig nicht mehr gesehen.«

»Ich hab ihn vor Kurzem getroffen. Er hat mir erzählt, dass er im Lotto gewonnen hat und sich etwas außerhalb der Stadt ein kleines Haus gekauft hat.«

Wir näherten uns dem Stützpunkt, und für eine Weile sprach niemand von uns. Dann tauchte in der Ferne ein Wald auf.

»Es hört sich vielleicht seltsam an, aber was ich im Lager am meisten vermisse, ist eine Badewanne«, sagte er und blickte aus dem Fenster. »Die Hitze, der Staub – das finde ich überhaupt nicht schlimm. Aber dass ich nicht in Ruhe baden kann, hat mich am Anfang echt gestört.«

Auch diesmal telefonierten wir oft, aber irgendwann wurden unsere Gespräche seltener. Bei Norman stand die Meisterprüfung an, und da er lernen musste, blieb ein Großteil der Arbeit an mir hängen. Es gab Tage, an denen ich über fünfzehn Stunden in der Werkstatt war. Ich schaffte es auch nicht, Dennis abzuholen. Und wir sahen uns erst vier oder fünf Tage nach seiner Rückkehr wieder.

Wir trafen uns im *Mayday*. Und als ich mich neben ihn

an den Tresen setzte, roch ich, dass er schon etwas getrunken hatte. Es war noch früh, und außer uns und dem Barkeeper war niemand da.

»Alles okay bei dir?«, fragte ich.

Er nickte leicht.

»Ja, ich bin nur etwas müde.«

»Ich dachte, du hättest vielleicht einen Hund dabei«, scherzte ich.

»Einen Hund?« Er sah mich fragend an, und ich merkte, dass er nicht wusste, was ich meinte.

»Einer von den Hunden aus dem Lager.«

»Ach so«, sagte er. »Nein.«

Wir saßen den ganzen Abend nebeneinander, aber Dennis redete kaum, und irgendwann sagte er, dass er müde sei und nach Hause wolle.

»Soll ich dich bringen?«, fragte ich, als wir draußen auf der Straße standen.

»Nein danke«, sagte er. »Lass uns das die Tage wiederholen. Okay?«

»Kein Ding. Schlaf dich erst mal aus.«

Er nickte, und dann verabschiedeten wir uns.

In den nächsten Tagen versuchte ich mehrmals, ihn anzurufen, doch weder er noch Anna gingen ans Telefon. Zuerst dachte ich nicht weiter darüber nach, doch irgendwann begann ich, mir Sorgen zu machen. Und als ich ihm schließlich eines Abends einen Besuch abstattete, fiel mir sofort auf, dass etwas nicht stimmte. Er hatte noch mehr abgenommen, seine Haut war blass, und seine Augen lagen tief in den Höhlen. Überall in der Wohnung lagen leere Bierflaschen herum, und er hatte alle Möbel im Flur gestapelt.

»Was ist passiert? Wo ist Anna?«

»Ist weg.«

»Warum hast du mich nicht angerufen?«

Wir standen immer noch im Flur. Die Jalousien waren heruntergelassen. Und ich ging an ihm vorbei ins Wohnzimmer und zog sie hoch.

Er kam mir langsam hinterher und setzte sich auf eine Matratze auf dem Fußboden.

»Ist es okay für dich, wenn ich mich etwas hinlege?«

»Dennis ... bitte ... sag mir, was passiert ist.«

»Ich bin müde«, sagte er und legte sich hin.

Ich hatte keine Ahnung, wie ich Anna erreichen sollte, also rief ich Norman an und sagte ihm, dass ich die Werkstatt am nächsten Tag nicht aufmachen konnte. Danach spülte ich das Geschirr ab und räumte die Wohnung auf. Ich ließ die Badewanne vollaufen, half Dennis aus den schmutzigen Kleidern und schaltete die Waschmaschine an. Ich brachte die Möbel aus dem Flur wieder ins Wohnzimmer, dann ging ich zu einem Supermarkt und kaufte Obst, Gemüse und Nudeln ein.

Als ich zurückkam, lag er noch immer in der Badewanne. Das Wasser war mittlerweile kalt geworden, und er zitterte.

»Scheiße, warum bist du nicht raus?«, fragte ich und zog den Stöpsel aus der Wanne.

Ich nahm ein frisches Handtuch, half ihm hoch und trocknete ihn ab. Er ließ alles über sich ergehen und sprach nur, wenn es wirklich nötig war.

Während ich kochte, lag Dennis auf der Couch. Ich hatte den Fernseher eingeschaltet, aber als ich mit einem Teller Nudeln zu ihm ins Zimmer kam, war er wieder eingeschlafen.

Ich versuchte, ihn zu wecken.

»Du musst was essen«, sagte ich, als er schließlich die Augen öffnete.

»Ich bin nicht hungrig.«

»Trotzdem, nur ein bisschen.«

»Gibt es noch Bier?«, fragte er, ohne mich anzusehen.

»Nein. Und ich glaube, du hast auch genug getrunken. Jetzt musst du erst mal wieder zu Kräften kommen.«

Irgendwann schaffte ich es, ihn zu überreden, aber er aß kaum etwas, und kurz darauf schlief er wieder ein.

Als ich aufstand, um in die Küche zu gehen, fielen mir die Fotos auf, die er mit Tesafilm an die Wand geklebt hatte. Sie waren alt und verblichen, und sie zeigten mich und Dennis als Kinder. Auf ein paar der Bilder war auch meine Mutter zu sehen. Während ich sie betrachtete, merkte ich, wie hilflos ich war. Unsere Mutter hätte sicher gewusst, was zu tun war. Und ich hätte alles dafür getan, mit ihr zu sprechen.

Ein paar Tage später machte ich Anna ausfindig. Sie war vorübergehend zu einer Freundin gezogen. Und als sie mir öffnete, sah sie traurig aus.

»Komm rein«, sagte sie, und wir gingen in die Küche und setzten uns an den Tisch.

»Ich wusste einfach nicht mehr, was ich tun sollte. Er

ist kaum noch aus dem Haus gegangen. Einmal hat er sich im Supermarkt mit einem Typen angelegt, und wäre der Mann vom Sicherheitsdienst nicht dazwischengegangen, hätte Dennis ihn vermutlich verprügelt.« Sie sah mich an. »Ich habe dich gar nicht gefragt, ob du was trinken möchtest.«

»Nein danke.«

»Dann haben die Albträume angefangen. Er ist schreiend aufgewacht, war völlig durchgeschwitzt. Ich habe ihm gesagt, dass er sich Hilfe holen muss. Dass er sich wenigstens bei dir melden soll.«

»Warum hast du dich nicht bei mir gemeldet?«

»Wollte ich ja, aber er hat mich angeschrien, dass ich mich da raushalten soll. Kannst du dir das vorstellen? Er war wirklich total verändert, ich habe ihn überhaupt nicht wiedererkannt.«

Sie begann zu weinen.

»Ich weiß, ich hätte bleiben sollen. Aber er war mir unheimlich. Ein paarmal ist er mitten in der Nacht verschwunden. Er hat auf dem Fußboden geschlafen, und ich konnte überhaupt nicht mehr mit ihm sprechen. Dann hab ich die Waffe gefunden. Sie steckte in seiner Jackentasche, und als ich ihn damit konfrontiert habe, ist er ausgerastet.«

»Eine Waffe?«

Sie nickte und begann, heftiger zu weinen.

»Er meinte, dass sie nicht echt ist.«

Sie sah mich an.

»Ich brauche gerade einfach etwas Abstand.«

»Schon okay, verstehe ich«, sagte ich, stand auf und

trat zu ihr. Ich nahm sie in den Arm, und nach einer Weile wurde sie wieder ruhiger.

»Hast du irgendeine Ahnung, was in Afghanistan passiert ist?«, fragte ich.

Sie schüttelte den Kopf.

»Nein. Ich hab ihm gesagt, dass er reden muss, dass ihm das sicher helfen wird, aber er hat nicht auf mich gehört.«

Als Dennis an diesem Abend eingeschlafen war, suchte ich in der Wohnung nach der Waffe. Ich fand sie schließlich in einer Wäschekommode im Badezimmer. Es war ein kleiner Revolver mit einem hellen Perlmuttgriff. Er fühlte sich schwer und kühl an. Ich hatte noch nie eine Pistole in der Hand gehalten, und zuerst dachte ich, dass sie echt sei. Aber als ich die Trommel herausnahm, sah ich, dass der Lauf mit einem Stift verschlossen war. Ich dachte darüber nach, ob ich Dennis darauf ansprechen sollte. Ich entschied mich dagegen, versteckte die Pistole aber vorsichtshalber in der Küche hinter dem Abzugsrohr der Ablufthaube.

Ich ging auch in den nächsten Tagen nicht zur Werkstatt. Und obwohl Dennis und ich immer zusammen waren, schaffte ich es nicht, mit ihm zu reden. Er schlief die meiste Zeit, aß kaum etwas, und in den Nächten wachte er oft panisch auf.

»Ist alles gut«, sagte ich, als er wieder einmal schreiend hochgeschreckt war. »Du brauchst keine Angst zu haben.« Ich strich ihm über die schweißnassen Haare. Er zitterte noch, aber sein Atem ging wieder ruhiger. Ich hatte die Deckenlampe eingeschaltet, und während ich ihn im Arm hielt, ließ mich der Gedanke nicht mehr los, dass er vielleicht nie wieder der Alte sein werde. Ich blickte durchs Fenster, zu der Straßenlaterne vorm Haus, und in ihrem Lichtschein sah ich, dass es regnete. Ich dachte an all die Menschen, die jetzt im Bett lagen und schliefen, und dann dachte ich an diejenigen, die jetzt auch wach lagen. Und das beruhigte mich ein wenig. Ich blickte noch einmal zu ihm. Dann schaltete ich das Licht aus, legte mich neben ihn ins Bett und schlief sofort ein.

Nach ein paar Tagen hatte ich das Gefühl, dass es mit Dennis langsam wieder aufwärtsging. Er hatte etwas Farbe bekommen und wirkte nicht mehr ganz so angespannt. In den Nächten schreckte er zwar immer noch auf, aber ich konnte ihn jedes Mal beruhigen, was ich für ein gutes Zeichen hielt.

»Ich müsste ein paar Sachen besorgen. Ist es okay, wenn ich dich ein paar Stunden alleine lasse?«, fragte ich, als wir morgens gemeinsam vor dem Fernseher saßen. Wir sahen uns einen alten James-Bond-Film an, und Dennis hatte gerade eine große Schale Cornflakes vertilgt.

»Klar«, sagte er. »Kein Problem, ich komme zurecht. Lass dir ruhig Zeit.«

»Soll ich dir irgendetwas vom Supermarkt mitbringen?«

»Schokolade. Die mit ganzen Nüssen.«

»Klar, wird erledigt«, sagte ich. »Gibt es sonst noch was, worauf du Lust hast?«

Er dachte kurz nach, dann schüttelte er den Kopf.

»Nein, nur Schokolade, aber bring ruhig mehrere Tafeln mit.«

Zuerst ging ich in der Werkstatt vorbei, leerte den Briefkasten und sah nach, ob wichtige Post dabei war. Dann ging ich zu mir nach Hause. Ich war seit Tagen nicht mehr alleine gewesen, und als ich die Wohnung betrat, merkte ich, wie müde ich war. Ich zog mich aus und stellte mich unter die Dusche. Und während das warme Wasser auf mich herunterplätscherte, entspannte ich mich. Nachdem ich mich abgetrocknet hatte, zog ich mich an, dann legte ich mich aufs Sofa und schlief ein.

Als ich wieder wach wurde, war es dunkel. Im ersten Moment wusste ich nicht, wo ich war. Dann fiel mir Dennis ein, und ich bekam ein schlechtes Gewissen. Ich stand ruckartig auf, nahm meine Jacke und verließ die Wohnung. Draußen hatte es wieder zu regnen begonnen. Ich zog den Reißverschluss meiner Jacke nach oben, setzte meine Kapuze auf und lief los.

Als ich bei ihm vorm Haus stand, waren über zehn Stunden vergangen, in denen ich Dennis nicht gesehen hatte. Mir fiel ein, dass ich seine Schokolade vergessen hatte. Ich ärgerte mich, und kurz dachte ich darüber nach zurückzugehen. Dann entschied ich mich aber doch dafür, den Regen abzuwarten. Ich öffnete die Tür, ging ins Haus und stieg die Treppen zur Wohnung hinauf. Als ich oben angelangt war, steckte ich den Schlüssel ins Schloss, doch in dem Moment merkte ich, dass von innen schon ein Schlüssel steckte. Er hatte abgeschlossen. Das tat er sonst nie. Ich klingelte, aber er öffnete nicht, und ich begann, unruhig gegen die Tür zu klopfen. Und plötzlich bekam ich Panik. Ich rief nach ihm, schlug fester gegen die Tür, und als sich immer noch nichts tat, begann ich dagegenzutreten. Aber der Rahmen war stabil, und die Tür bewegte sich keinen Millimeter. Ich nahm Anlauf und warf mich mit meinem ganzen Gewicht dagegen. Doch es half nichts, also versuchte ich es erneut. Diesmal merkte ich, dass die Tür etwas nachgab, und beim dritten Versuch bekam ich sie auf.

Zuerst lief ich ins Wohnzimmer, aber da war er nicht. Dann suchte ich in der Küche und im Schlafzimmer nach ihm. Ich fand ihn schließlich im Bad. Er lag, mit einer Unterhose bekleidet, auf den Fliesen. Das Waschbecken, die Toilette und die Wände waren mit Blut verschmiert. Er hatte die Augen geöffnet, aber sein Blick war glasig, und ich wusste nicht, ob er bei Bewusstsein war.

»Scheiße, Dennis … was machst du?«, sagte ich und kniete mich neben ihn.

Er hatte sich die Pulsadern nur auf einer Seite aufgeschnitten, aber die Wunde klaffte weit auseinander, und er musste schon sehr viel Blut verloren haben.

Ich rannte in die Küche, nahm ein Messer und ein paar Geschirrhandtücher, dann lief ich wieder zurück. Ich schnitt eins der Handtücher in Streifen und band es um sein Handgelenk, doch auch nachdem ich mehrere Lagen übereinandergelegt hatte, quoll noch immer Blut unter dem Verband hervor.

Ich sah mich um, und mein Blick fiel auf eine Haarbürste. Ich legte sie mit dem Griff auf die Stelle, an der ich unter dem Verband die Wunde vermutete, dann wickelte ich erneut einen Streifen des Handtuchs um Dennis' Arm und verknotete ihn direkt über der Bürste. Und schließlich hörte es auf zu bluten. Mittlerweile waren seine Augen geschlossen. Ich zog ihn in den Flur. Aus seinem Körper war jegliche Spannung gewichen, und als ich ihn auf die Seite legen wollte, kippte er nach vorne auf sein Gesicht. Ich drehte ihn wieder zurück. Diesmal stützte ich seinen Körper mit ein paar Schuhen, die neben der Garderobe standen, und dann lief ich ins Wohnzimmer, nahm das Telefon und setzte einen Notruf ab.

Es dauerte höchstens fünf Minuten, bis der Notarzt da war, aber es kam mir ewig vor. Und erst, als ich neben Dennis im Krankenwagen saß, wurde mir wirklich bewusst, was gerade passiert war.

»Alle Achtung«, sagte der Arzt, während er Dennis den Puls maß. »Das ist einer der besten Druckverbände, die ich je gesehen habe.«

Der Fahrer lenkte den Wagen in eine Kurve, und ich musste mich am Sitz festhalten.

»Wird er es schaffen?«, fragte ich.

Er nickte.

»Er hatte Glück, dass Sie ihn so früh gefunden haben.«

Während Dennis in der Notaufnahme behandelt wurde, lief ich unruhig im Krankenhausflur auf und ab. Meine Jacke hatte ich schon ausgezogen, aber meine Jeans und meine Schuhe waren völlig mit Blut verschmiert, und nach einer Weile kam eine Schwester und gab mir eine Jogginghose.

»Schauen Sie mal, ob die Ihnen passt«, sagte sie und sah mich freundlich an.

»Danke«, sagte ich und ging zur Toilette.

Ich zog meine Jeans aus und wusch mein Gesicht über dem kleinen Waschbecken. Dann säuberte ich meine Schuhe und zog die Jogginghose an. Sie passte.

Als ich wieder in den Flur trat, wartete die Schwester schon auf mich. Sie hatte braune Haare und war etwas älter.

»Er liegt jetzt im Zimmer«, sagte sie.

»Wie geht es ihm?«

»Den Umständen entsprechend gut. Er hat ein Beruhigungsmittel bekommen. Er schläft.«

»Kann ich zu ihm?«

Sie nickte.

»Ja, aber nur kurz, er braucht jetzt Ruhe.«

Die Schwester zeigte mir den Eingang. Sie öffnete die Tür, und ich ging hinein. Es war ein Zweibettzimmer, aber das andere Bett war leer, und das Licht war gedimmt. Ich trat zu ihm. Er lag auf dem Rücken, seine Hände lagen auf der Bettdecke, und ich blickte zu dem Verband an seinem Handgelenk. Dann strich ich ihm über den Kopf.

Ich blieb die Nacht über im Krankenhaus. Eine Zeit lang saß ich im Flur, dann ging ich in einen kleinen Aufenthaltsraum, in dem ein Fernseher stand. Ich schaltete durch die Kanäle, aber ich war müde, und irgendwann schlief ich ein.

Ich wurde von Anna geweckt, die mit verweinten

Augen vor mir saß. Ich hatte keine Ahnung, wie lange ich geschlafen hatte, und draußen war es wieder hell.

»Wie spät ist es?«, fragte ich.

»Kurz vor sieben.«

»Warst du schon bei ihm?«

Sie nickte und begann zu weinen.

»Ist er wach?«

»Nein.«

Sie wischte sich mit dem Ärmel die Tränen aus dem Gesicht.

»Scheiße, was ist nur mit ihm los?«, sagte sie.

»Ich weiß es auch nicht.«

»Hat er mit dir gesprochen?«

Ich schüttelte den Kopf.

»Ich hätte nicht ausziehen dürfen«, sagte Anna.

»Das hätte auch nichts geändert.«

Kurz darauf gingen wir gemeinsam in sein Zimmer, aber er schlief immer noch.

Da Anna nun bei Dennis war, ging ich nach Hause. Ich ging duschen, zog mir frische Kleider an, und dann machte ich mich wieder auf den Weg ins Krankenhaus.

Dennis bekam Medikamente, und ich war froh, dass er in professionellen Händen war. Aber er schlief die meiste Zeit, und wenn er wach war, bekam er kaum etwas mit.

»Er hat vermutlich eine PTBS«, sagte einer der Ärzte.

»Eine was?«, fragte ich.

»Posttraumatische Belastungsstörung.«

»Was bedeutet das?«, fragte ich.

»Sie haben gesagt, dass er in Afghanistan war?«

Ich nickte.

»Hat er über den Aufenthalt gesprochen?«

»Nein«, sagte ich.

»Eine PTBS entsteht in der Regel nach einem traumatisierenden Erlebnis. Sie tritt meistens in den Monaten danach auf, aber es kann auch Jahre dauern, bis sich die ersten Symptome zeigen.«

Während er sprach, bekam ich Angst, und ich hatte ein schlechtes Gewissen, dass ich nicht früher mit Dennis zu einem Arzt gegangen war.

»Wird er wieder gesund werden?«, fragte ich.

»Die Chancen stehen gut«, sagte er. »Aber es gibt auch Patienten, die sich nie ganz erholen.«

Er legte eine Hand auf meine Schulter und lächelte mich an.

»Wir stehen noch ganz am Anfang. Wir müssen jetzt erst einmal abwarten.«

Ich verbrachte jede freie Minute bei Dennis im Krankenhaus. In seinem Zimmer gab es einen Fernseher, und ich suchte nach Sendungen, von denen ich dachte, dass sie ihm gefallen würden. Wenn er schlief, las ich ihm aus Büchern vor, die er als Jugendlicher gemocht hatte. Und ich brachte ihm Unmengen Tafeln Schokolade mit. Aber er wirkte völlig apathisch.

Nach ein paar Tagen bekam er neue Medikamente, und ab da veränderte er sich. Wenn ich mit ihm sprach, hörte er wieder zu, und er schlief jetzt weniger als vorher.

»Du siehst gut aus«, sagte ich, als ich sein Zimmer betrat.

»Hast du mir schon wieder Schokolade mitgebracht?« Er blickte auf die Tafel in meiner Hand.

»Wie geht es dir?«, fragte ich und setzte mich auf den Stuhl neben seinem Bett.

»Ich weiß nicht«, sagte er. »Mein Mund, er ist völlig trocken. Außerdem ist mir schwindlig.«

»Vielleicht die neuen Tabletten. Hast du schon mit dem Arzt gesprochen?«

»Nein.«

»Willst du ein Stück?«, fragte ich und deutete auf die Schokolade.

Er schüttelte den Kopf und blickte zum Fenster.

»Ich will hier raus.«

»Ich denke, du musst wohl noch eine Weile bleiben«, sagte ich und rückte etwas näher zu ihm heran. »Aber vielleicht können wir die Tage ein bisschen spazieren gehen.«

Als ich an diesem Tag das Krankenhaus verließ, ging ich im *Mayday* vorbei. Ich setzte mich an die Theke und bestellte mir ein Bier. Es war niemand da, den ich kannte, aber ich war froh, unter Leuten zu sein. Als ich die Flasche ausgetrunken hatte, bestellte ich mir einen Rum. Ich rauchte ein paar Zigaretten, und ich saß einfach so da und hörte der Musik zu. Ein paar der Songs erinnerten mich an Norman. Auch er kam oft im Krankenhaus vorbei, aber wir hatten nur wenig miteinander gesprochen, und während ich am Tresen saß, merkte ich, wie sehr er mir fehlte. Ich vermisste die Tage in der Werkstatt, die gemeinsamen Abende im Kino, und ich fragte mich, ob überhaupt jemals wieder alles normal werden würde.

Das Klingeln des Telefons riss mich aus dem Schlaf. Ich blickte auf den Wecker, der auf meinem Nachttisch stand. Die Ziffern zeigten kurz nach fünf. Ich stand auf, ging zu dem Apparat im Flur und nahm ab. Es war eine der Schwestern aus dem Krankenhaus. Und sie bat mich vorbeizukommen.

Dennis hatte einen zweiten Selbstmordversuch unternommen. Er hatte die Fensterscheibe mit einem Stuhl zertrümmert und war hinausgesprungen. Er hatte zwar überlebt, aber das Rückenmark war an mehreren Stellen verletzt worden. Er hatte einen Schädelbasisbruch, und zwei Rippen hatten sich in seine Lungen gebohrt. Jetzt lag er auf der Intensivstation.

Ich durfte nicht zu ihm und konnte ihn nur durch ein kleines Fenster im Flur sehen. Und ich erschrak, als ich all die Geräte und Schläuche sah.

Ich musste an Normans Vater denken, an meine Mutter, und ich konnte nicht aufhören zu weinen. Bevor wir nach Hamburg gekommen waren, hatte ich höchstens zwei oder drei Mal eine Klinik betreten, aber seit wir hier wohnten, waren schon zwei Menschen an diesem Ort verstorben. Ich machte mir Vorwürfe, dass ich Dennis nicht vom Flughafen abgeholt hatte, und fragte mich, ob dann vielleicht alles anders verlaufen wäre. Ich verfluchte mich, dass ich ihn alleine in der Wohnung gelassen hatte.

Dennis lag im Koma, und sein Anblick erinnerte mich an Normans Vater, aber im Gegensatz zu ihm war Dennis' linke Gesichtshälfte völlig zugeschwollen. Beide Arme waren eingegipst, und er trug eine Halskrause. Die Ärzte konnten nicht sagen, ob er noch einmal aufwachen würde, doch auch wenn er die Augen wieder öffnen sollte, war klar, dass er für den Rest seines Lebens an den Rollstuhl gefesselt wäre.

Und er würde nie mehr selbstständig atmen können.

Ein paarmal kam Anna vorbei, und während sie bei ihm am Bett saß, lief ich in den Krankenhausfluren auf und ab. Ich dachte an unsere Kindheit, die wir zusammen in winzigen Zimmern verbracht hatten, an meine Mutter, die sich immer um uns gekümmert hatte, und an den Umzug nach Hamburg, von dem wir damals gehofft hatten, dass sich von nun ab alles ändern werde.

Ich verließ das Krankenhaus nur selten. In den Nächten schlief ich in dem kleinen Aufenthaltsraum, und obwohl das eigentlich nicht erlaubt war, machten die Schwestern eine Ausnahme

Nach zwei Wochen lag Dennis immer noch im Koma. Er wurde künstlich ernährt, und als ich eines Nachts nicht schlafen konnte, ging ich zu ihm ins Zimmer und setzte mich neben ihn. Er wurde mittlerweile direkt über die Luftröhre beatmet, und jedes Mal, wenn die Maschine Sauerstoff in seine Brust pumpte, wirkte sein Gesicht angespannt. Er hatte zwei Mal versucht, sich das Leben zu nehmen, und jetzt war er nicht einmal mehr in der Lage, selbstständig zu atmen. Ich konnte mir nicht vorstellen, was er erlebt hatte, geschweige denn, wie er sich fühlte. Aber er hatte sich gegen das Weiterleben entschieden.

Es gab nicht viel, was ich noch für ihn tun konnte.

»Tut mir leid, Dennis«, sagte ich, rückte meinen Stuhl näher ans Bett und nahm mein Taschenmesser aus der Hosentasche. Ich legte eine Hand auf seine Stirn und streichelte ihm übers Gesicht. Seine Augen waren geschlossen, und während ich seine Haut berührte, fragte ich mich, ob er meine Anwesenheit spüren konnte.

»Ich hoffe, dass du Ruhe findest«, sagte ich. Ich fing an zu weinen, und dann durchtrennte ich den Sauerstoffschlauch, der von der Maschine zu seinem Körper führte.

Als ich das Krankenhaus verließ, kaufte ich mir eine Flasche Wodka. Ich lief ziellos durch die Straßen, und irgendwann begann ich, mit bloßen Fäusten die Scheiben von parkenden Autos zu zerschlagen. Die Tränen liefen mir über die Wangen, und die Lichter der Straßenlaternen verschwommen vor meinen Augen. Ich warf ein Motorrad um, ich trat gegen Mülltonen und die Eingangstür eines Wohnhauses. Und als eine Polizeistreife kam, um mich festzunehmen, ging ich mit der Wodkaflasche auf die Polizisten los. Ich traf einen von ihnen am Kopf, und als ich erneut zuschlug, zersplitterte die Flasche.

Dann brach ich zusammen.

Epilog

2011

Wir laufen an Fahrgeschäften vorbei, an Essensständen und Spielbuden. Dann sehe ich das Spiegelkabinett, das immer noch genauso aussieht wie damals, als ich mit Dennis und meiner Mutter hier gewesen bin. Es dämmert, und die bunten Lichter blinken im Grau des Abendhimmels.

Bis vor einer halben Stunde hat es geregnet, der Asphalt ist noch nass. Es ist schwül, und der Geruch von Zuckerwatte und gebrannten Mandeln hängt in der Luft. Marie wollte unbedingt mit dem Riesenrad fahren, aber jetzt steht sie wie hypnotisiert vor einer Losbude und blickt zu den vielen bunten Stofftieren. Sie ist groß geworden, und an ihrer Haltung erkenne ich die Ähnlichkeit zu ihrer Mutter.

Sie bemerkt nicht, dass ich sie beobachte.

»Willst du ein paar Lose kaufen?«, frage ich und taste in meiner Hose nach meiner Geldbörse.

Es dauert, bis sie reagiert, aber als sie sich zu mir dreht, lacht sie.

Ich gebe ihr einen Geldschein, und sie geht zu dem Stand. Linda steht direkt neben mir, sie hält unsere Tochter im Arm. Sie ist erst vor drei Monaten geboren worden. Sie ist winzig, und sie schläft.

Als ich wieder zu dem Stand blicke, spricht Marie mit dem Losverkäufer. Er kommt mir irgendwie bekannt vor, aber ich habe keine Ahnung, woher. Dann fällt mir auf, dass er nur einen Arm hat, und jetzt weiß ich, woher ich ihn kenne.

Danksagung

Es gibt eine Menge Menschen, die mich während der Arbeit an diesem Buch unterstützt haben. An erster Stelle möchte ich Melina nennen, die stets meine erste Leserin war, all meine Launen ertrug und mich dennoch immer wieder ermutigt hat weiterzumachen.

Dann möchte ich allen bei Piper danken, und dort vor allem meiner Lektorin Eva-Maria Kaufmann. Denn ohne sie hätte ich in all dem Chaos, welches das Schreiben eines Romans mit sich bringt, sicher den Blick für das Wesentliche verloren.

Auch meinem Agenten Daniel Mursa bin ich zu großem Dank verpflichtet, der mich vor ein paar Jahren unter seine Fittiche nahm, nachdem er einige meiner Geschichten gelesen hatte.

Und dann sind da natürlich noch Markus, Basti und Said, meine fabelhafte Tochter, meine Familie und mein geliebter Hund.

Während der Arbeit an diesem Buch habe ich zwei Monate im Künstlerhaus Eckernförde gelebt. Die Nähe zum Meer, die Ruhe und die Einsamkeit haben mir beim Schreiben sehr geholfen. Danke.